AF500352

47743

FILLE-MÈRE

PIÈCE DRAMATIQUE EN CINQ ACTES ET SEPT TABLEAUX

PAR

M. ARTHUR BERNÈDE

Représentée pour la première fois au Théâtre de la Renaissance (Direction Préval) le 23 Septembre 1908

PERSONNAGES :

Jean Leroy,	30 ans	MM.	René Gervais.
Comte de Marsange,	40 ans		Bureau-Lindet.
Le père Fougeray,	50 ans		L. Chaumont.
Jacques de Cernay,	28 ans		Schultz.
Pierre Fougeray,	25 ans		P. Murio.
Henri de Lachesnaye,	27 ans		Vermandèle.
Le Notaire,	54 ans		Polat.
Le Général,	60 ans		M. Derouet.
Un Ouvrier,	35 ans		Vallot.
Comtesse de Marsange,	28 ans	Mmes	Dione.
Louisette,	19 ans		Vilnay.
Madame Fougeray,	45 ans		B. Joly.
Madame Castel,	48 ans		Deshayes.
Madame de Solange,	27 ans		Mario.
Madame de Brétigny,	24 ans		Yorel.
Madame Hamelin,	26 ans		Doty.
ALBERT			Le Petit Roger GERVAIS.

ACTE PREMIER

PREMIER TABLEAU

SÉDUITE ET FIANCÉE !

Une petite salle à manger d'ouvriers. Portes à droite, à gauche et au fond. Fenêtre à gauche. Ameublement très simple. Au milieu, table ronde.

SCÈNE PREMIÈRE

LOUISETTE, Mme FOUGERAY

Au lever du rideau, Louisette repasse du linge sur la table. Mme Fougeray achève de faire le ménage.

Mme FOUGERAY

Pourquoi, Louisette, ne chantes-tu pas en travaillant ?

LOUISETTE, *qui semble inquiète, nerveuse, préoccupée.*

Mais... je ne sais pas... maman.

Mme FOUGERAY

Tu n'es pas malade ?

LOUISETTE

Non.

Mme FOUGERAY

Les vertiges que tu as éprouvés hier ne t'ont pas reprise ?

LOUISETTE

Un petit peu ce matin, mais presque pas.

Mme FOUGERAY

Si cela continue, il faudra voir le médecin.

LOUISETTE, *comme avec frayeur.*

Pourquoi ?

Mme FOUGERAY

Mais parce qu'il ne faut pas attendre au dernier moment pour te soigner.

LOUISETTE

Oh ! les médecins !...

Mme FOUGERAY

N'en dis pas de mal, ma chérie. Si ton père aujourd'hui est debout, et s'il peut reprendre son travail demain à l'usine, n'est-ce pas grâce au docteur Bernard ? Et pourtant le pauvre homme était bien atteint. Un wagonnet de charbon qui lui avait passé sur le corps !... On parlait de lui couper la jambe... Aujourd'hui, c'est à peine s'il boite un peu, et il se porte comme un charme.

LOUISETTE

C'est vrai.

Mme FOUGERAY

Sais-tu ce que tu as, ma Louisette ? Tu aurais besoin d'aller passer un mois à la campagne, chez la cousine Jeanne, en bon air... loin de notre cité ouvrière, toute empestée, toute embrumée par la fumée des hauts fourneaux.

LOUISETTE

Je ne voudrais pas être indiscrète...

Mme FOUGERAY

La cousine Jeanne serait très heureuse de t'avoir près d'elle... Tu verras comme on est bien dans sa jolie petite maison de Givet. C'est tout auprès de la forêt des Ardennes. C'est si beau la forêt !... Tiens, je vais écrire tout de suite à la cousine...

LOUISETTE

Je t'assure, maman, que ce n'est pas la peine.

Mme FOUGERAY

Je comprends qu'il te soit pénible de nous quitter, et surtout d'être séparée de ton fiancé (*Louisette, à ce mot de fiancé, a un tressaillement que sa mère ne remarque pas*), mais tu ne voudrais pas cependant tomber malade juste au moment de ton mariage ?

LOUISETTE

Mon mariage ?

Mme FOUGERAY, *étonnée.*

Louisette ?

LOUISETTE

Mère !

Mme FOUGERAY, *regardant sa fille avec tendresse.*

Tu m'inquiètes... tu me fais peur... Voyons, dis-moi la vérité... Une fille ne doit pas avoir de secret pour sa mère... Est-ce que tu n'aimerais plus Jean Leroy ?

LOUISETTE

Moi... mais... c'est-à-dire que...

Mme FOUGERAY

Voyons, parle...

LOUISETTE

Je t'en prie... ne m'interroge pas...

Mme FOUGERAY

Et moi, je veux que tu me répondes...

LOUISETTE, *baissant le front.*

J'ai beaucoup d'estime et d'amitié pour Jean Leroy... C'est le meilleur ami de mon frère. C'est un garçon sérieux, travailleur, d'une grande douceur, et d'une par-

G. D. 47743

GD 47743

faite bonté. Quand il m'a demandé d'être sa femme, j'ai accepté, d'abord parce que j'ai pensé qu'avec lui je pourrais être heureuse ; puis, parce que ce mariage vous causerait à tous tant de joie !... Mais...

Mme FOUGERAY

Mais quoi ?

LOUISETTE

Depuis, je me suis aperçue que je n'avais pas d'autre sentiment pour Jean qu'une affection toute fraternelle.. Et... j'ai regretté de lui avoir donné ma parole.

Mme FOUGERAY

Je comprends maintenant, pourquoi, depuis quelque temps, tu cherchais toujours à éloigner la date de la noce. Eh ! ma pauvre petite, pourquoi ne m'as-tu pas dit cela plus tôt ?

LOUISETTE

Je n'ai pas osé !

Mme FOUGERAY

Tu as eu tort .. Maintenant, il est bien tard pour briser le cœur de ce brave garçon qui t'aime d'une façon à la fois si touchante et si grande... Ah ! ma pauvre enfant !... ton manque de franchise va peut-être causer bien des chagrins.

LOUISETTE

On ne commande pas à son cœur.

Mme FOUGERAY

En aimerais-tu un autre ?

LOUISETTE, vivement.

Non, non, je t'assure.

Mme FOUGERAY

Alors, le mal est moins grand que je ne le pensais. Réfléchis encore, ma chérie. Et surtout aie confiance absolument en moi, qui suis et qui sera toujours ta meilleure amie. Oh ! déjà cinq heures, il est grand temps que j'aille chercher le dîner. . Je ne veux pas vous faire attendre ; car, ce matin, Papa était de si bonne humeur que je m'en voudrais de le contrarier. (Elle a pris un filet à provisions et se dirige vers la porte du fond). A tout à l'heure.

LOUISETTE, courant vers elle et se jetant dans ses bras.

Maman ! (elle pleure).

Mme FOUGERAY

Louisette, ma chérie...

LOUISETTE

Embrasse-moi, embrasse-moi bien... comme quand j'étais toute petite.

Mme FOUGERAY

Calme-toi... ne pleure pas, ma pauvre enfant... Cela me fait du mal de te voir ainsi... J'arrangerai cela, je te le promets... Au revoir, ma Louisette.

LOUISETTE

Au revoir, maman.

SCÈNE II

LOUISETTE, puis HENRI de LACHESNAYE.

(Louisette suit un moment du regard sa mère qui s'éloigne ; puis elle revient tout en pleurs, tomber sur une chaise, près de la table. Elle reste un moment la tête entre ses mains ; puis elle se lève brusquement, comme si elle venait de prendre une grande décision ; elle s'empare d'un petit chapeau accroché au mur, le met sur sa tête, ouvre un petit tiroir de la commode, y prend un petit sac de voyage préparé d'avance. Elle fait quelques pas comme pour sortir, puis elle revient à la commode, sur lequel il y a un buvard, une plume et un encrier, et elle écrit d'une main tremblante :)

LOUISETTE, la voix étranglée d'émotion.

Mes chers parents,

Je pars... il le faut... car vous ne pouvez pas abriter plus longtemps le déshonneur de votre fille... Je suis bien coupable. Pardonnez-moi.

(La Chesnaye a paru et regarde la petite. C'est un jeune homme très élégant, d'aspect frivole, mais joli garçon, très séduisant).

LACHESNAYE

Louisette !

LOUISETTE

Henri !

(Elle court se jeter dans ses bras).

LACHESNAYE

Prends garde.

LOUISETTE

Nous sommes seuls.

LACHESNAYE, l'embrassant sans beaucoup d'élan.

Des larmes ?

LOUISETTE

Nous allons partir, n'est-ce pas ?

LACHESNAYE, avec un léger sursaut.

Partir ? Et pour où, grand Dieu ?

LOUISETTE

Pour où tu voudras... pourvu que tu m'emmènes... loin... très loin.

LACHESNAYE

Mais tu es folle ?

LOUISETTE

Non, je ne suis pas folle, mais si je reste ici, j'ai peur de le devenir.

LACHESNAYE

Ah ! oui... très bien... J'y suis ! Ce mariage que ton père et ta mère voulaient t'imposer... Je croyais que tu avais réussi à gagner du temps.

LOUISETTE

Oui... j'avais réussi.

LACHESNAYE

Eh bien !

LOUISETTE

Henri !

LACHESNAYE

Tes parents sont revenus à la rescousse !

LOUISETTE

Non... Je crois même qu'ils accepteraient que Jean Leroy me rendît sa parole.

LACHESNAYE

Alors... tout marche à merveille.

LOUISETTE

Non, je suis perdue !

LACHESNAYE

Je ne comprends pas.

LOUISETTE, se laissant tomber sur une chaise qui est à côté de la table.

Je vais être mère !

LACHESNAYE, à part.

Aïe !

(Louisette place sa tête entre ses mains. Lachesnaye la regarde et hausse les épaules, puis s'approche d'elle).

LACHESNAYE

Pourquoi ne m'as-tu pas dit cela plus tôt ?

LOUISETTE

Mais parce que j'espérais toujours ..

LACHESNAYE

Quoi ?

LOUISETTE, douloureusement embarrassée.

Que je me trompais... ou bien que... je ne sais pas... moi.

LACHESNAYE

Sacristi ! que c'est embêtant !

LOUISETTE

Tu vas m'emmener, n'est-ce pas ?

LACHESNAYE

Ma pauvre chérie, je ne demanderais pas mieux ; mais j'aime mieux te parler franchement ; en ce moment, c'est impossible !

LOUISETTE

Pourquoi ?

LACHESNAYE

Je n'ai pas de situation. Pour toutes ressources, je n'ai que la pension que me fait ma sœur, la comtesse de Marsange.

LOUISETTE

La dame de charité !

LACHESNAYE

Eh bien, si la dame de charité apprenait que nous sommes partis ensemble, elle n'aurait rien de plus pressé que de me couper les vivres et nous nous trouverions dans un bel embarras... toi, dans ta situation et moi... moi... dans la mienne.

LOUISETTE

Cependant Mme de Marsange passe pour être très généreuse, et je suis persuadée qu'elle comprendra que s'il est bien de faire l'aumône avec son argent, il est mieux parfois de faire la charité avec son cœur.

LACHESNAYE

Ah, tu ne connais pas Claudine !

LOUISETTE

Non, mais je suis sûre qu'elle aura pitié de moi !

LACHESNAYE

Je ne voudrais pas dire du mal de ma sœur...

LOUISETTE

Voyons... parle.

LACHESNAYE

Claudine est très bonne, c'est entendu... Mais sa bonté ne va pas sans un certain étalage... Elle aime à ce qu'on parle d'elle, à ce qu'on vante son mérite et qu'on célèbre ses libéralités. Or, comme elle ne pourra pas envoyer une note aux journaux bien pensants pour qu'ils impriment, dans leurs chastes colonnes, qu'elle fait une rente à la petite amie de son frère, elle me fermera, sans hésiter, et sa porte et sa bourse. Et nous serons bien avancés.

LOUISETTE

Alors, que vais-je faire ?

LACHESNAYE

Attendre que j'ai trouvé un emploi qui nous permettra de vivre gentiment, à l'abri du besoin.

LOUISETTE

Ce sera bientôt, n'est-ce pas ?

LACHESNAYE

Je vais chercher immédiatement, je te le promets.

LOUISETTE

Ah oui ! car si mes parents s'apercevaient...

LACHESNAYE

Il faudra pourtant bien leur dire...

LOUISETTE, *sanglotant.*

Pas moi.. je n'en aurai pas la force. Ce sont de si braves gens !... Ils se font sur moi tant d'illusions... Voilà pourquoi je voulais partir tout de suite. J'aimais mieux cela. Ah ! oui... m'en aller, fuir avec toi... Plus tard, je serais revenue... avec l'enfant. Et, en voyant notre petit, oh ! je les connais, leur colère serait tombée tout de suite, et ils m'auraient pardonné.

LACHESNAYE

Allons ! Allons ! Sois raisonnable, ne pleure pas ainsi... Tu te trahirais. Prends au contraire toutes les précautions nécessaires pour dissimuler ton état... jusqu'au moment où je viendrai te chercher.

LOUISETTE

Oh ! comme je vais les compter les journées et les heures !

LACHESNAYE

Tu as confiance en moi ?

LOUISETTE

Oui, j'ai confiance en toi.. Tu sais dans quelles circonstances je me suis donnée. Depuis longtemps, chaque soir, tu venais me guetter à la sortie de l'usine où je travaillais... Tu me suivais d'assez loin, sans rien me dire. Puis, peu à peu, tu t'approchais. Tu me murmurais des mots très doux. J'ai voulu d'abord t'éviter, je pressais le pas pour ne point t'entendre. Et tu me disais des paroles si troublantes... ! Tu semblais m'adorer si sincèrement que, lorsque tu m'as juré que tu serais toujours à moi, je t'ai cru, je me suis donnée... ne me demandant pas si j'allais être ta maîtresse ou ton épouse... mais me disant tout simplement : je suis sa femme !

LACHESNAYE

Ma femme, tu le seras un jour certainement... Je t'ai promis, mais attends que je me sois fait une situation.

LOUISETTE, *avec un accent de confiance absolue et profondément touchante.*

Oui, j'attendrai, j'attendrai !

On entend à la cantonade la voix du père Fougeray qui chante gaiement à pleins poumons : « Versez (bis) le vin de Marsala » !

LOUISETTE

Mon père !

LACHESNAYE

Diable ! Ce n'est pas le moment de me présenter...

LOUISETTE, *ouvrant une porte.*

Entre dans cette chambre. La fenêtre est de plain-pied avec le jardin, tu pourras partir sans être vu.

LACHESNAYE

Au revoir, ma petite Louisette, et surtout ne t'inquiète pas si tu es quelques jours sans me voir... je vais m'occuper de nous.

LOUISETTE

Adieu ! *(Elle referme la porte et lentement)* Oh ! pourquoi lui ai-je dit : Adieu !

SCÈNE III

LOUISETTE, LE PÈRE FOUGERAY, PIERRE

LE PÈRE FOUGERAY ET PIERRE

Versez, versez... le vin de Marsala !!

FOUGERAY

Bonjour, fillette !

PIERRE

Bonjour, petite sœur.

LOUISETTE

Bonjour, papa... bonjour, Pierre.

PIERRE, *bon enfant.*

Eh bien, tu en fais une tête, la frangine.

FOUGERAY

Je vois ce que c'est. Mam'zelle est triste parce qu'on est un peu trop gai. Allons, viens m'embrasser tout de même, mignonne.

LOUISETTE, *s'efforçant de devenir rieuse.*

Méchant papa, va....

FOUGERAY

Méchant ! parce que j'ai un petit verre dans le nez !.. Dis tout de suite que je suis un monstre.

PIERRE, *à Louisette qui vient d'embrasser son père.*

Et moi je n'ai rien ?

LOUISETTE

Oh ! vous !

PIERRE

Voilà qu'elle me renvoie à présent ! Eh bien, Mademoiselle, puisqu'il en est ainsi, je ne vous donnerai pas ce que je vous ai apporté.

LOUISETTE

Quoi donc ?

PIERRE

Ah ! voilà !

FOUGERAY

Ton cadeau de noces, parbleu !

PIERRE

Allons, bon, voilà que le père va manger le morceau à présent.

FOUGERAY

Zut... moi qui avais promis de ne rien dire.... Je vais boire un coup !

PIERRE

Et un chouette cadeau, va ! Devine quoi ?

LOUISETTE

Mais je ne sais pas.

PIERRE

Tiens, pour te remettre de bonne humeur, je ne vais pas te faire languir (il développe le paquet qu'il tenait à la main). Ce n'est pas un superbe coquetier, ni un merveilleux service à découper, ni une demi-douzaine de couverts en argent... c'est une simple couronne de fleurs d'oranger.

LOUISETTE, avec un léger tressaillement.

Une couronne de fleurs d'oranger !

PIERRE

Ça n'a pas l'air de te faire plaisir ?

LOUISETTE, avec un effort.

Mais si, je t'assure, seulement c'est peut-être un peu tôt.

PIERRE

Mieux vaut trop tôt que trop tard. Tu vas l'essayer, petite sœur.

LOUISETTE

Je ne suis pas encore mariée.

PIERRE

Alors, c'est moi qui vais l'étrenner ! (il la met sur sa tête et prend une attitude comique).

(La maman Fougeray paraît avec un filet rempli de provisions).

PIERRE

Hé maman, pige donc comme la fleur d'oranger va bien à ton garçon.

SCÈNE IV

LES MÊMES, LA MAMAN FOUGERAY

LA MAMAN FOUGERAY

Ben ! quoi c'est que cela veut dire ?

PIERRE

C'est mon cadeau de noces pour Louisette.

Mme FOUGERAY

Toujours le même ! Tu ne seras donc jamais sérieux ?

PIERRE

Quoi... la patronne ? On peut bien rire un peu.

Mme FOUGERAY, lui prenant la couronne de fleurs d'oranger des mains.

Pas avec ces choses-là, mon garçon.

FOUGERAY

Qui s'était emparé d'une bouteille sur le buffet et s'est versé un verre de vin. — Il chante.

Versez, versez, le vin de Marsala !

Mme FOUGERAY, apercevant son homme.

Eh te voilà, toi, encore le verre en main. Je parie que tu n'as pas cessé de boire depuis le matin.

FOUGERAY

Dame... voyons... faut bien fêter mon rétablissement.

Mme FOUGERAY

Regarde-moi cette trogne rouge, on ne dirait jamais un homme qui relève de maladie.

FOUGERAY

T'aimerais peut-être mieux que j'aie l'air de revenir de mon enterrement.

Mme FOUGERAY

Non, mais ce n'est pas une raison pour lever le coude outre mesure.

PIERRE

Oh ! la ! la ! papa, qu'est-ce qu'elles ont aujourd'hui ta femme et ta fille ?

Mme FOUGERAY

Pierre, je te prie de me parler poliment.

PIERRE

Voyons, maman, est-ce que tout, aujourd'hui, ne devrait pas être à la rigolade ? Voilà papa qui est tout-à-fait guéri. Et là vrai, ça faisait pitié de le voir, lui, encore si fort, si actif, si plein de gaieté et de courage, cloué sur son lit, sur son fauteuil, sans pouvoir aller boire sa petite mominette et faire sa partie de manille chez le bistro.

Mme FOUGERAY

Tu vas peut-être dire qu'il n'a pas été bien soigné !

FOUGERAY

Ah ! pour cela, par exemple, je proteste ! S'il y a un homme qui a été dorloté, c'est moi. Pendant ces six longues semaines où je pouvais à peine remuer, je puis dire que je n'ai manqué de rien. Ah ! les petits plats que me confectionnait ma femme !

Mme FOUGERAY

Gourmand, va !

FOUGERAY

Et les bons petits cigares que m'apportait ma Louisette.

PIERRE

Et les Pernod que je te préparais en cachette !

FOUGERAY

J'allais le dire. Ah ! je puis me vanter d'avoir été gâté, choyé... tout comme si j'avais été millionnaire. Vrai, ça vous donnerait l'envie de vous faire recasser une patte.

PIERRE

Oh ! un bras, pour changer.

Mme FOUGERAY

N'appelez pas le malheur, mon Dieu ! il vient assez vite.

FOUGERAY

Tu as raison, ma bonne Françoise... d'autant plus que nous ne sommes pas riches... Et il faut vraiment que tu sois la plus économe des ménagères pour arriver à nous faire vivre aussi gentiment. Allons, ne grogne plus, et embrasse-moi.

Mme FOUGERAY, embrassant son mari.

Ah ! mon homme !

PIERRE

Les jeunes tourtereaux... fable.

FOUGERAY, à Louisette qui est allée à la fenêtre.

Et toi, Louisette ? Ton frère a raison.... Tu en fais une tête !

LOUISETTE

Mais non, je t'assure, papa.

PIERRE

Parbleu, j'y suis. Jean Leroy doit venir dîner ce soir avec nous.

FOUGERAY

Mais oui.

PIERRE

Six heures, il est en retard. Et le temps dure à Louisette. Je parie que c'est cela, petite sœur.

LOUISETTE, nerveuse.

Oui, c'est cela, c'est cela.

Mme FOUGERAY, sur un ton attristé.

Pourquoi, mon enfant, ne pas dire la vérité ?

FOUGERAY

Quelle vérité ?

LOUISETTE

Maman, je t'en prie !

Mme FOUGERAY

Louisette, avant que Jean Leroy n'arrive, dis à ton père ce que tu m'as confié à moi-même.

LOUISETTE

Non, pas aujourd'hui, demain.

FOUGERAY

Ah ! çà, qu'est-ce que cela signifie ? Il y a donc des œufs cassés dans la boutique ?

LOUISETTE

Père !

PIERRE

Voyons, cause... ma petite Frangine. Tu sais comme on t'aime, t'as pas peur de nous, je suppose.

LOUISETTE

Oh ! non certes ! Mais dis plutôt, toi, maman.

Mme FOUGERAY.

Eh bien, Louisette, avant que vous n'arriviez, m'a avoué qu'elle n'aimait pas Jean Leroy et qu'elle ne voulait plus l'épouser.

FOUGERAY

Hein ?

PIERRE

Pas possible !

LOUISETTE

C'est vrai.

FOUGERAY

Voyons, ma fille, quand Leroy est venu, il y a bientôt onze mois demander ta main, et que nous t'avons fait part de sa démarche, non seulement, tu as accepté, mais tu as même paru très heureuse d'avoir su fixer le choix de ce brave garçon. C'est nous, ta mère et moi qui, te trouvant trop jeunette, avons exigé un délai d'un an avant le mariage... même que tu nous as boudés un peu... Et c'est toi qui, aujourd'hui, veux rendre ta parole à Jean Leroy ? Moi, je n'y comprends plus rien... Et toi, Pierre ?

PIERRE

Moi non plus, papa.

FOUGERAY

As-tu bien réfléchi ?

LOUISETTE

Oui, père, j'ai bien réfléchi.

FOUGERAY

Je me demande ce qu'a bien pu se passer dans cette jolie petite tête-là. Est-ce que, par hasard, tu en aimerais un autre ?

Mme FOUGERAY

Je le lui ai déjà demandé.

FOUGERAY

Et qu'a-t-elle répondu ?

Mme FOUGERAY

Non.

FOUGERAY

Alors ?

LOUISETTE

(baissant les yeux et ne sachant plus trop quelle contenance observer)

Voilà.

PIERRE

Eh bien, là, vrai, je ne me serais jamais attendu à celle-là.

(On frappe à la porte.)

FOUGERAY

Jean Leroy, parbleu ! Oh ! débrouillez-vous, parce que, moi, voyez-vous ?

(La maman Fougeray, va ouvrir ; la comtesse de Marsange paraît suivie du lieutenant Jacques de Cernay, en uniforme.)

SCÈNE V

LES MÊMES, LA COMTESSE DE MARSANGE, JACQUES

LA COMTESSE

Monsieur et Madame Fougeray ?

MAMAN FOUGERAY

C'est ici.

FOUGERAY

Présents !

LA COMTESSE

Je suis la comtesse de Marsange.

LOUISETTE, à part

La sœur d'Henri !

MAMAN FOUGERAY

Veuillez donc entrer, Madame la Comtesse.

LA COMTESSE, montrant Jacques

Le lieutenant Jacques de Cernay, mon cousin.

(Louisette, assez timidement, a avancé une chaise à la comtesse, qui dans une attitude de souveraine bienveillante, en visite chez ses sujets, s'y installe avec une certaine solennité.)

FOUGERAY, encore tout ému par cette apparition inattendue

Madame la Comtesse, qu'y a-t-il pour votre service ?

LA COMTESSE

Vous me connaissez de nom... n'est-ce pas ?

Mme. FOUGERAY

De nom et de réputation, Madame. Car, dans toute la ville et le pays avoisinant, il n'est personne qui n'ait entendu parler de la générosité de Madame de Marsange... la dame de charité.

LOUISETTE

La dame au cœur d'or.

LA COMTESSE

Je suis très bonne... Je déteste voir autour de moi des malheureux. Ma fortune me permettant de leur venir en aide, c'est toujours un bonheur pour moi de soulager quelque misère.

Mme FOUGERAY, spontanément

Oh ! oui, Madame, comme vous devez être heureuse de pouvoir faire ainsi le bien !

LA COMTESSE

Certes. Mais la véritable bonté ne nous commande pas seulement, à nous autres, riches, de soulager toutes les peines que nous rencontrons sur notre route, elle veut que nous allions au-devant des infortunes... que nous découvrions celles qui se cachent, et que nous portions dans les foyers où l'on souffre et où l'on pleure, le baume consolateur qui sait si bien guérir les plus cruelles blessures.

FOUGERAY

Très bien.

PIERRE, bas, à son père

T'emballe pas, papa.

LA COMTESSE

Voilà pourquoi je ne me contente pas d'envoyer ma souscription à toutes les œuvres de bienfaisance, mais je consacre encore trois jours par semaine à visiter tous ceux qu'un service de renseignements spécialement organisé par moi me signale comme dignes d'un pressant intérêt. Mon cousin qui m'accompagne dans toutes mes tournées de charité peut vous dire si presque toujours nous arrivons à propos, et je suis sûr qu'il en rapporte, comme moi, des impressions très douces et très salutaires.

JACQUES

J'en rapporte surtout des puces.

LA COMTESSE

Taisez-vous... enfant terrible ! Mais je bavarde et je m'aperçois que je ne vous ai pas encore dit pourquoi j'étais venue frapper à votre porte.

FOUGERAY

En effet, et je ne suppose pas que ce soit...

MAMAN FOUGERAY

Voyons, mon ami, laisse parler Madame la Comtesse.

LA COMTESSE, tirant un carnet

Ma petite police m'a fait savoir : 1° qu'un assez grave accident avait mis pendant un certain temps le mécanicien Fougeray dans l'incapacité de travailler ; 2° que sa fille âgée de 19 ans allait prochainement épouser un jeune ouvrier nommé Jean Leroy. J'ai pensé, d'une part, qu'ici comme partout, la maladie du chef de la famille avait dû causer une certaine gêne... D'autre part, notre œuvre des ménages populaires ayant mis à ma disposition un certain nombre de livrets de Caisse d'Epargne, je me suis dit que nul ne pouvait être mieux placé dans les mains de Mademoiselle... Aussi...

FOUGERAY, qui depuis un moment donne des signes d'impatience

Je vous demande pardon, mais...

Mme FOUGERAY

Julien, voyons...

PIERRE

Voulez-vous me permettre de vous répondre, Madame la comtesse ?

Mme FOUGERAY

Pierre !

LA COMTESSE

Laissez... je vous en prie.

PIERRE

Madame, croyez que nous ne doutons pas un seul instant, mes parents et moi, des sentiments généreux qui vous ont amenée ici avec Monsieur votre cousin. Seulement, votre police privée, comme vous le dites, a oublié quelque chose...

LA COMTESSE

Quoi donc !

PIERRE

C'est d'ajouter que si le père Fougeray avait été privé pendant plusieurs semaines de son salaire, il a un fils et une fille qui ont chacun deux bras, et qui mourraient de honte s'ils voyaient leurs parents tendre la main pour accepter l'aumône.

FOUGERAY

Bravo, petit gars, tu as dit ce que je pensais !

PIERRE

Quand à Louisette, au sujet du livret de caisse d'épargne, elle fera ce qu'elle voudra.

LOUISETTE, à Madame de Marsange.

Votre offre généreuse, Madame, n'a plus raison d'être.

LA COMTESSE

Et pourquoi ?

LOUISETTE, la gorge sèche.

Mon mariage... est... est retardé... Madame la comtesse.

FOUGERAY

Et quand bien même, ma fille, j'espère bien que tu n'aurais pas accepté.

LA COMTESSE, très vexée.

En ce cas, il ne nous reste plus qu'à nous retirer, nous nous sommes trompés de porte, voilà tout.

Mme FOUGERAY

Ah ! croyez que nous ne vous en sommes pas moins reconnaissants de votre bienveillance à notre égard, et il ne faut pas nous en vouloir.

LA COMTESSE

Je ne vous en veux pas. Chacun place sa fierté où bon lui semble. (En s'en allant, elle aperçoit un métier à broder). Oh ! oh ! mais ces chiffres sont tout simplement une merveille... C'est vous qui faites ça... Mademoiselle ?

LOUISETTE

Oui, Madame.

LA COMTESSE

Mes compliments ! Vous êtes d'une adresse remarquable. Regardez donc, mon cousin.

JACQUES examinant les broderies derrière son monocle.

Merveilleux !

LA COMTESSE

Mademoiselle, je vais certainement devenir votre cliente. Je vous amènerai des amies... ma future belle sœur entre autres.

LOUISETTE

Votre future belle-sœur !

LA COMTESSE

Une américaine très riche que mon frère Henri de Lachesnaye va tout prochainement épouser... Eh ! mais, qu'avez-vous, Mademoiselle ?

LOUISETTE, qui, pour ne pas tomber a dû s'appuyer à un meuble.

Oh ! rien, Madame.

Mme FOUGERAY

Depuis quelque temps Louisette est un peu souffrante.

LA COMTESSE

En effet, elle est toute pâlotte... Un peu d'anémie... Il lui faudrait peu de travail et de la bonne nourriture.

FOUGERAY

Hein ?

LA COMTESSE

Voulez-vous que je lui envoie le médecin de notre œuvre ? En attendant, je puis toujours lui faire parvenir des médicaments, de la phosphatine, par exemple, c'est excellent, ou bien encore de la globuline. C'est très cher pour des ouvriers, aussi je me ferai un plaisir...

Mme FOUGERAY

Merci, Madame... notre fille doit partir prochainement pour les Ardennes, chez une de nos parentes.

PIERRE

Et le grand air, voyez-vous, il n'y a rien de tel.

LA COMTESSE

Oh ! déjà six heures et demie, et nous qui, avant de rentrer, devons passer au siège social de notre œuvre, les Filles-Mères. Car nous nous occupons aussi de ces malheureuses qui sont plus souvent à plaindre qu'à blâmer... Au revoir... et encore mes compliments, Mademoiselle... Je vous amènerai certainement ma belle-sœur...

(Sortent la comtesse et Jacques).

SCÈNE VI

LOUISETTE, MAMAN FOUGERAY, LE PÈRE FOUGERAY, PIERRE

FOUGERAY

Ah ! il était temps qu'ils s'en aillent, sans quoi j'allais leur dire des choses désagréables.

PIERRE

Il est terrible, le vieux, quand il s'y met ; je ne pouvais plus le tenir.

FOUGERAY

C'est que je n'admets pas, moi, que sous prétexte de faire le bien, les gens pénètrent ainsi chez vous, pour vous humilier.

Mme FOUGERAY

C'était dans une bonne intention.

FOUGERAY

Oui... penses-tu !

Mme FOUGERAY

Madame de Marsange ignorait que nous n'avions besoin de rien.

FOUGERAY

Alors, elle n'avait qu'à ne pas insister... Non, ce qu'elle me tapait sur le système, avec ses œuvres, ses livrets de caisse d'épargne, ses filles-mères, ses médecins et ses drogues.

PIERRE

Un moment, j'ai cru qu'elle allait nous faire boire à tous de l'huile de foie de morue.

Mme FOUGERAY

Ah ! vous êtes bien tous les mêmes, les ouvriers ! Vous ne savez pas ce que vous voulez.. Quand les riches gardent leur argent pour eux, vous les traitez d'exploiteurs et d'égoïstes... et aussitôt qu'ils se montrent généreux et humains, vous criez qu'ils cherchent à vous humilier... Il faudrait être juste tout de même.

FOUGERAY

Juste! Mais ma pauvre femme, si les riches en laissaient un peu plus aux petits, ils ne seraient peut-être pas obligés de leur faire l'aumône.

Mme FOUGERAY

Va, ne dis pas de mal de la charité, c'est encore une des meilleures choses qu'il y ait ici-bas.

PIERRE

Oui, maman, seulement, il y a la manière.

(Pendant ces dernières répliques, on ne s'est plus occupé de Louisette. Celle-ci, à bout de forces, s'est laissée tomber sur une chaise, et elle reste là, immobile... comme une morte. Le père Fougeray l'aperçoit).

FOUGERAY

Louisette! Louisette! Hein, regardez donc, vous autres, la petite... On dirait qu'elle est évanouie!

Mme FOUGERAY

Mon Dieu!

PIERRE

Petite sœur!

Mme FOUGERAY

C'est vrai... elle ne bouge pas... Elle est toute glacée... Ma fille, ma fille chérie!

PIERRE

Est-ce que!.. Dis-nous, voyons...

Mme FOUGERAY

Vite le vinaigre, il est dans le buffet.

FOUGERAY

Sûr qu'il y a là-dessous quelque chose.

Mme FOUGERAY

Quoi? qu'est-ce que tu veux qu'il y ait?

FOUGERAY

Avec ces jeunesses, est-ce qu'on sait jamais?

Mme FOUGERAY

tout en essuyant les tempes de sa fille avec du vinaigre que Pierre a apporté et a versé sur son mouchoir.

Mon homme!... peux-tu dire une pareille chose?

PIERRE

Elle revient à elle.

FOUGERAY

Mille millions de... (On frappe à la porte). Cette fois, c'est Jean Leroy. Pierre va lui ouvrir.

PIERRE

C'est cela... papa... assieds-toi dans ton fauteuil, et fume ta pipe... comme ça tu ne nous feras pas perdre la tête.

SCÈNE VII

LES MÊMES, JEAN LEROY

(Pierre a été ouvrir à Jean Leroy qui paraît, un petit bouquet de violettes à la main).

JEAN LEROY

Bonjour, Pierre.

PIERRE

Bonjour, ami.

JEAN LEROY

Ah! Louisette, malade!.. Oh! Monsieur et Madame Fougeray, je vous demande bien pardon.

LOUISETTE, qui est revenue à elle.

Lui!

Mme FOUGERAY

Nous avons bien eu peur.. Elle est tombée là, tout d'un coup, en syncope... Mais Dieu merci, ça ne sera rien. Voilà déjà ses couleurs qui lui reviennent. (Embrassant sa fille). Ma chérie, tu vas mieux, n'est-ce pas?

LOUISETTE

Oui, mère .. Monsieur Jean... (Un grand temps). Je voudrais vous parler à vous, à vous tout seul.

FOUGERAY

Comment... mais...

PIERRE, à son père.

Laisse donc s'expliquer. Ça vaut mieux. Viens fumer ta pipe dans le jardin.

FOUGERAY

Après tout, tu as raison.

Mme FOUGERAY

Oui, laissons-les... nous reviendrons tout à l'heure... quand ils se seront causés....

(Le père Fougeray, sa femme et son fils sortent par la porte du fond).

JEAN LEROY

Qu'est-ce qu'ils ont donc tous?

(Louisette se lève. Encore toute chancelante, elle est remontée fermer la porte du fond que ses parents avaient laissée ouverte).

SCÈNE VIII

LOUISETTE, JEAN LEROY

LOUISETTE, revenant à Jean Leroy.

Je suis une misérable.

JEAN LEROY

Louisette... vous!

LOUISETTE

Oui, moi.

JEAN LEROY

Allons donc... je ne vous crois pas.

LOUISETTE

Je suis une misérable... vous dis-je. Je vous ai menti odieusement. J'ai manqué à la parole que je vous avais donnée.

JEAN LEROY, en un cri de désespoir.

Non, non, cela n'est pas possible... cela n'est pas vrai.

LOUISETTE

Cela est... mais par pitié ne m'interrompez pas. Laissez-moi m'accuser. Laissez-moi tout vous dire, vite, très vite, je souffrirai moins longtemps... et je suis sans forces. (D'une voix brève et blanche, elle continue). Jean, après vous avoir promis d'être votre femme, je me suis donné à un autre... C'est abominable, je le sais... Mais par pitié, pas un mot, ne dites rien encore... Vous allez tout savoir... Cet autre... Je me suis mise à l'aimer follement, éperdument... jusqu'au crime, puisque j'y étais décidée!... J'allais partir avec lui, demain, ce soir, peut-être.. tout quitter... briser votre cœur... celui des miens... oui... oui... c'est abominable...! Eh bien, je ne partirai pas, car mon amant va se marier dans trois semaines avec une riche Américaine; et moi... moi je vais être mère. Voilà...!

JEAN LEROY

Malheureuse!

(Pendant que Louisette parle, il déchire en quelque sorte dans ses mains crispées le bouquet de violettes qu'il avait apporté).

LOUISETTE

Alors... moi... vous comprenez, je ne sais plus. J'ai lu dans les journaux qu'il y avait des femmes qui, pour ne pas avouer leur faute avaient le courage de se tuer... Moi, je ne pourrai pas... J'y ai songé... mais je n'en ai pas le droit... Je suis deux... à présent.

JEAN LEROY, d'une voix altérée.

Vos parents savent-ils...?

LOUISETTE

Je ne leur ai encore rien dit... Mais il faudra bien...

JEAN LEROY

Attendez...

LOUISETTE

Mais... pourtant.

JEAN LEROY

Attendez, vous dis-je (avec une autorité superbe que grandit encore l'émotion qu'il cherche à contenir). Le nom de cet homme ?

LOUISETTE

Vous n'allez pas ...

JEAN LEROY

Le nom de cet homme ?

LOUISETTE

Jean !

JEAN LEROY

Je le veux !

LOUISETTE

Par pitié !

JEAN LEROY se domptant subitement, et avec un accent de douceur infinie.

Je vous en prie...

LOUISETTE, cédant.

Henry de Lachesnaye.

JEAN LEROY

Le frère de la comtesse de Marsange ?

LOUISETTE

Oui.

JEAN LEROY

Bien.

LOUISETTE

Jean... qu'allez-vous faire ? J'ai peur.

JEAN LEROY

Ne craignez rien... Vous dites qu'Henri de Lachesnaye doit se marier dans trois semaines avec une riche Américaine ?

LOUISETTE

C'est la comtesse de Marsange qui vient de nous l'affirmer elle-même.

JEAN LEROY

Eh bien, ce n'est pas cette riche Américaine qu'il épousera, c'est vous.

LOUISETTE

Et qui l'y contraindra ?

JEAN LEROY

Moi.

LOUISETTE

Vous ?

JEAN LEROY

Oui, moi.

LOUISETTE

Mais, je ne veux pas...

JEAN LEROY

Il le faut cependant... pour vos parents dont vous êtes l'orgueil et la joie... pour ces braves gens qui n'ont pour tout bien que l'honneur de leurs enfants. Il le faut pour vous, pour votre dignité, et surtout pour le repos de votre cœur. Puis, ne venez-vous pas de me le dire tout à l'heure : vous êtes deux à présent, et il ne faut pas qu'un jour l'innocent pâtisse pour les coupables.

LOUISETTE

Ah ! pourquoi vous montrer si généreux ?

JEAN LEROY

Puisque je vous aime assez grandement pour dominer mon désespoir et ma colère.

LOUISETTE

Jean !

JEAN LEROY

Oh ! oui, ma colère... Et tout à l'heure, quand vous m'avez dit ... Mais non, non, non .. rien.

LOUISETTE

Parlez, au contraire.

JEAN LEROY

Eh bien, quand vous m'avez dit la vérité, j'ai dû faire appel à toute ma volonté, à toute mon énergie, pour ne pas vous crier des mots très cruels . . Car, Louisette, je vous aimais .. c'est impossible à dire, je ne trouve pas de paroles... Je ne sais plus, moi... Eh ! tenez, j'ai souffert autant que vous avez dû souffrir vous-même quand vous avez appris que l'autre voulait vous abandonner ! Vous me comprenez, n'est-ce pas ? J'arrivais heureux, plein de confiance dans un avenir que votre amour remplissait de soleil... et tout-à-coup j'apprends... mais c'est fini .. c'est fini ..! Il faut que je reste fort... très fort... pour vous sauver... ou pour vous venger.

LOUISETTE

Je ne mérite pas votre pitié.

LEROY

Si, car vous n'êtes pas la plus coupable....

LOUISETTE

Qu'en savez-vous ?

JEAN LEROY

Je le devine. C'est l'autre ... Ah ! je me doute bien comment il est arrivé à vous séduire : les belles phrases, les belles promesses, qu'est-ce que çà coûte à ces gens-là ? moins qu'une paire de gants ou un cigare.... Flétrir une jeune fille, la voler à son fiancé, jeter une famille dans la honte, est-ce que ça compte pour un fils à papa ? Ouvrier ! chair à canon ! Ouvrière, chair à patron, n'est-ce pas ? Eh bien, nous allons voir !

LOUISETTE

Jean.... Mon Dieu ! Mon Dieu !

LEROY

Ne pleurez pas, Louisette, justice sera faite... je vous le jure ! Henri de Lachesnaye vous épousera... ou bien... (il s'arrête).

LOUISETTE

Ou... bien....

LEROY

C'est mon affaire... Au revoir, Louisette !

LOUISETTE

Au revoir, Jean, et pardon !

(Jean se dirige vers le fond. Il ouvre la porte. On aperçoit le père Fougeray. Pierre et la maman Fougeray qui s'avancent tout de suite).

SCÈNE IX

JEAN LEROY, LOUISETTE, LE PÈRE ET LA MÈRE FOUGERAY, PIERRE

JEAN LEROY

Mademoiselle... c'est entendu, je vous rends votre parole.... Et croyez que nul ne souhaite plus ardemment que moi votre bonheur.

FOUGERAY

Ça y est, c'est rompu ?

LOUISETTE

Oui, mon père.

FOUGERAY

Eh bien, veux-tu que je te dise... ma fille...? Je crois que tu as fait une grosse bêtise.

RIDEAU

ACTE II

Chez le comte de Marsange, portes à droite, à gauche et au fond. Ameublement luxueux.

DEUXIÈME TABLEAU
LA DAME DE CHARITÉ

SCÈNE PREMIÈRE

LE COMTE, LA COMTESSE DE MARSANGE
puis JACQUES DE CERNAY

(Au lever du rideau, la comtesse, en proie à une mauvaise humeur visible est assise de trois quarts. Le comte de Marsange, très nerveux, mais cherchant malgré tout à se contenir, arpente le salon).

LE COMTE

Ma chère amie, j'ai le regret de vous dire, mais cela ne peut pas durer ainsi.

LA COMTESSE

Ah !

LE COMTE

Vous savez combien je vous aime ?

LA COMTESSE

Parlons-en !

LE COMTE

Je crois jusqu'à ce jour vous l'avoir suffisamment prouvé...

LA COMTESSE

Des reproches !

LE COMTE

Je n'en ai même pas la pensée, mais permettez-moi de vous dire, dans votre propre intérêt, qu'il est grand temps de mettre fin à une situation qui n'a que trop duré...

LA COMTESSE

Quelle situation ?

LE COMTE

Claudine, ne me forcez pas à préciser.

LA COMTESSE, se levant.

Eh bien, moi, je vais le faire... vous êtes jaloux.

LE COMTE, très doucement.

Oui, je suis jaloux.

LA COMTESSE, passant.

Mon Dieu que les hommes sont stupides !

(Elle va pour se donner une contenance arranger des fleurs qui se trouvent sur un meuble).

LE COMTE

Claudine !

LA COMTESSE, brusquement.

Quoi ?

LE COMTE

Claudine, vous me causez beaucoup de peine.

LA COMTESSE, haussant les épaules.

C'est à croire, mon ami, que vous avez le délire de la persécution ?

LE COMTE

Je souffre énormément.

LA COMTESSE

Appelez le docteur.

LE COMTE

Seule, vous pouvez me guérir.

LA COMTESSE

Vous croyez cela ?

LE COMTE

J'en suis sûr.

LA COMTESSE

Eh bien, je vais tout de suite vous rédiger une ordonnance. Mon Dieu, c'est très simple. Vous allez partir pour un voyage de six semaines en Italie.

LE COMTE, dans un éclair d'espoir.

Avec vous ?

LA COMTESSE

Avec moi ! Vous n'y pensez pas ; et mes œuvres de charité, qu'est-ce qui les dirigerait pendant ce temps ?

LE COMTE

Vous êtes cruelle !

LA COMTESSE

Vous êtes le seul qui me fassiez un tel reproche ?

LE COMTE

Je suis le seul qui ait le droit de vous l'adresser.

LA COMTESSE, redescendant en scène et venant vers son mari.

Et puis, en voilà assez !... Une bonne fois pour toutes, dites-moi franchement ce que vous voulez.

LE COMTE

Soit. Je veux que votre cousin Jacques de Cernay quitte dans les vingt-quatre heures notre maison.

LA COMTESSE

Et pourquoi ?

LE COMTE

Parce qu'il vous compromet.

LA COMTESSE

Alors je suis sa maîtresse ?

LE COMTE

Non, mais on dit qu'il est votre amant.

LA COMTESSE

Et naturellement vous le croyez ?

LE COMTE

Si je le croyais, ma chère Claudine, je vous aurais priée de vous éloigner également.

LA COMTESSE

Et vous dites que vous m'aimez ?

LE COMTE

Claudine !

LA COMTESSE, furieuse.

Alors, à cause d'un méchant potin auquel vous avez complaisamment prêté l'oreille, vous allez congédier comme un valet dont on est mécontent, un de vos plus proches parents auquel vous avez offert vous-même l'hospitalité.

LE COMTE

Votre réputation m'est avant tout précieuse.

LA COMTESSE

En chassant M. de Cernay, vous donnez raison à la médisance.

LE COMTE

Dites plutôt que j'arrête la calomnie.

LA COMTESSE

Jacques restera.

LE COMTE

Il s'en ira.

LA COMTESSE

Oh ! je sais bien que vous êtes le maître. Qu'étais-je lorsque vous m'avez demandée en mariage, une fille de noblesse sans fortune, végétant misérablement dans un château à moitié en ruines... Je n'avais devant moi aucun horizon, aucun avenir ? Vous m'avez épousée... Vous étiez riche, et moi, quand j'ai été votre femme, sachant que vous n'aimiez pas les êtres inutiles qui vous assomment toute la journée avec leur piano, qui passent leur temps à jouer au tennis ou au diabolo, je me suis occupée d'œuvres de bienfaisance, et je suis devenue la Dame de charité.

LE COMTE

Ma chère amie, permettez-moi...

LA COMTESSE, continuant.

J'espérais que vous vous associeriez à moi de tout cœur et que vous seriez mon compagnon fidèle dans mes tournées bienfaisantes ; mais pas du tout, vous avez préféré vous enfermer dans votre cabinet de travail, vous livrer à des soi-disant recherches historiques sur vos ancêtres, ne sortant de vos indifférences au sujet de mes œuvres que pour me blâmer de trop me dépenser au dehors, et m'accuser de jeter l'argent par les fenêtres.

LE COMTE

Mais, ma chère amie, notre fortune n'est pas inépuisable...

LA COMTESSE

Il ne vous suffit pas d'être jaloux, il faut encore que vous deveniez avare!

LE COMTE

Avare, moi! Savez-vous, ma chère amie, à combien est monté cette année votre budget de charité?

LA COMTESSE

Vous savez bien que j'ai horreur des chiffres.

LE COMTE

Il faut pourtant bien que je vous convainque.

LA COMTESSE

Oh!

LE COMTE

Eh bien, vous avez dépensé soixante-quatre mille francs environ pour vos bonnes œuvres.

LA COMTESSE

Qu'est-ce à côté de ce qui reste à faire?

LE COMTE

Mais, songez, Claudine, que nous n'avons que cent cinquante mille francs de rentes.

LA COMTESSE

Cela ne vous suffit pas?

LE COMTE

Permettez-moi de vous faire observer que lorsque vous avez dépensé vingt mille francs pour votre toilette...

LA COMTESSE

Je ne puis cependant pas faire mes visites de charité habillée comme une cuisinière?

LE COMTE

Vingt mille pour votre auto, dix-huit mille pour vos réceptions, quinze mille pour vos déplacements et voyages...

LA COMTESSE

Oh! assez, n'est-ce pas, je vais me figurer que j'ai épousé non pas un comte, mais un comptable.

LE COMTE

J'ai le devoir de vous prévenir.

LA COMTESSE

Vous êtes insupportable!

LE COMTE, *avec autorité.*

En tout cas, c'est bien décidé, Jacques de Cernay s'en ira demain.

LA COMTESSE, *froidement.*

Vous plaisantez. Jacques restera. J'ai besoin de lui... pour notre prochaine assemblée générale des Filles-Mères.

LE COMTE

L'assemblée aura lieu sans lui.

LA COMTESSE

C'est impossible.

LE COMTE

Eh bien, elle n'aura pas lieu du tout. Mais je vous garantis que votre cousin ira soigner ailleurs ses prétendues infirmités temporaires.

LA COMTESSE, *paraissant se résigner.*

C'est entendu... mais...

LE COMTE

Mais quoi?

LA COMTESSE

Rien! Laissez-moi tranquille.

LE COMTE, *très doucement.*

Claudine!

LA COMTESSE

Cela suffit, n'est-ce pas?

LE COMTE

Je vous en prie.

LA COMTESSE

Laissez-moi. Vous venez de me blesser profondément et je ne suis pas prête à vous pardonner.

LE COMTE

Mais, je vous aime!

LA COMTESSE

Oh! non, non, pas ça.

LE COMTE

Ma parole, vous me feriez croire...

LA COMTESSE

Quoi donc?

LE COMTE

Rien!

LA COMTESSE

Que Jacques est mon amant, n'est-ce pas? *(Elle voit Jacques au fond de la scène.)* Tenez, justement, le voici. Répétez-lui donc ce que vous venez de me dire. Donnez-lui son congé... Humiliez-moi bien; seulement, désormais, vous pourrez venir frapper, supplier, pleurer à ma porte, cette fois je ne vous ouvrirai pas.

LE COMTE, *atterré.*

Claudine!

LA COMTESSE

Cela suffit! *(à Jacques de Cernay qui feignait de ne pas voir le comte et la comtesse)* Bonjour, Jacques.

JACQUES

Bonjour, ma cousine.

LA COMTESSE

Vous arrivez fort à propos. Mon mari me parlait de vous et dans des termes tels que je ne sais vraiment si je dois vous les répéter.

JACQUES, *allant à son cousin*

Oh! mon cousin, vraiment vous être trop gentil.

LE COMTE, *comme s'il allait tout dire*

Jacques, vous vous méprenez...

LA COMTESSE, *vivement*

Mais pas du tout, et je vous prie, mon cher ami, de redire vous-même à notre parent les paroles si flatteuses que vous venez d'avoir pour lui et pour moi...

LE COMTE, *angoissé et dominé par le regard très significatif que lui adresse la comtesse*

Mais, ma chère Claudine, je disais...

LA COMTESSE

Allons!

LE COMTE, *la gorge serrée*

Je disais... que j'ai beaucoup d'amitié pour vous.

LA COMTESSE

Et que vous êtes et vous serez toujours le bienvenu dans notre maison.

LE COMTE

C'est cela!...

SCÈNE II

LES MÊMES, HENRI DE LACHESNAYE

HENRI

Bonjour, tout le monde!

LA COMTESSE

Déjà en tenue de voyage?

HENRI

Mais je pars pour ce soir rejoindre ma fiancée. I am very satisfied of...

LA COMTESSE

Oh! je t'en prie, mon ami.

(Pendant ce temps, le comte est remonté vers le fond et se met tristement à feuilleter un album.)

HENRI

Hein, croyez-vous que j'ai fait des progrès en anglais?

LA COMTESSE

Si jamais Miss Brown comprend un mot à ce baragouin?

JACQUES

Miss Brown parle sans doute le français?

HENRI

Pas un mot.

JACQUES

Alors, comment ferez-vous pour vous comprendre?

HENRI

Mais nous nous comprenons déjà très bien; la preuve, c'est que miss Brown ayant vu que j'étais joli garçon a tout de suite deviné que je devais être son mari, et que m'étant aperçu qu'elle avait une dot de trois millions, j'ai immédiatement saisi qu'elle devait être ma femme!

JACQUES

Et où avez-vous connu Miss Brown?

HENRI

A une vente de charité où je disais des chansons grivoises. La charité et les chansons grivoises, il n'y a rien de tel pour enflammer les cœurs des femmes sensibles. N'est-ce pas, madame la comtesse?

LA COMTESSE

Taisez-vous, enfant terrible!

HENRI, *à sa sœur*

Dire que sans toi, grande sœur, je serais peut-être précepteur dans une famille bien pensante, ou employé dans les chemins de fer... Mais dans la famille on a le beau physique. On sait se faire épouser, c'est un talent de société. N'est-ce pas, madame la comtesse?

LA COMTESSE

Tu es insupportable!...

HENRI

Seulement, voilà, je suis à sec, et, pour partir, j'aurais besoin de cinquante louis.

LA COMTESSE

Cette semaine, je ne les ai pas, mes pauvres m'ont tout absorbé.

HENRI

Eh bien, j'ai envie de taper tes pauvres, moi!

LA COMTESSE

Adresse-toi plutôt à Monsieur de Marsange.

HENRI

Si tu les lui demandais, toi!

LA COMTESSE

Ce n'est pas le moment, il y a de l'orage dans l'air...

JACQUES

Tu en as de bonnes, toi. Tu te disputes avec ton mari juste au moment où j'ai besoin de le taper... Le fait est qu'il n'a pas l'air de très bonne humeur. Tant pis, je vais risquer le paquet.

(*Lentement, tout en réfléchissant, il se dirige vers M. de Marsange qui semble plongé dans une rêverie mélancolique.*)

LA COMTESSE, *bas, à M. de Cernay*

Je viens d'avoir une scène...

JACQUES

A cause?

LA COMTESSE

De toi.

JACQUES

Est-ce qu'il sait?...

LA COMTESSE

Non, des doutes seulement. On aura potiné. Il voulait te mettre à la porte.

JACQUES

Alors, ma chérie?

LA COMTESSE

Tu restes.

JACQUES

Mais...

LA COMTESSE

Ne t'occupes de rien, tu restes!

HENRI, *après plusieurs hésitations.*

Mon cher beau-frère, j'ai deux mots à vous dire.

LE COMTE, *relevant la tête.*

Parlez, mon cher Henri!

HENRI

Vous vous êtes toujours montré envers moi d'une bonté parfaite. Vous m'avez retiré de l'obscurité où je végétais, et c'est bien grâce à vous que je suis à la veille de faire un mariage qui va me donner la fortune et probablement le bonheur. Croyez que je vous garde une profonde reconnaissance.

LA COMTESSE

Très bien, Henri!

HENRI

Je sais ce que je vous dois moralement et pécuniairement. Mon intention bien arrêtée étant de vous rembourser sitôt après mon mariage des sommes que vous m'avez avancées, je vous prierai de bien vouloir me dire si nous sommes bien d'accord sur le chiffre... (*Henri, tirant un papier de sa poche.*) Selon moi, je vous dois 22.337 francs.

LE COMTE

Moi, je n'ai pas compté.

HENRI

Avec les intérêts, ça fait....

LE COMTE

Les intérêts, mais vous êtes fou, mon cher Henri....

HENRI

Cependant....

LE COMTE, *qui s'est levé.*

Je suis trop heureux si j'ai pu vous être utile. Vous ne me devez rien, ni intérêts ni capital. Votre amitié me suffit.

HENRI

Mais... cependant... permettez....

LE COMTE

Je ne vous permets même pas de me dire merci.

HENRI

Alors, vous me mettez dans un cruel embarras.

LE COMTE

Et pourquoi cela?

HENRI

Parce que....

LE COMTE

Parlez!

HENRI

Je ne peux pas (*à Claudine*). Tu vois la gaffe que tu m'as fait faire.

LE COMTE

Expliquez-vous?

HENRI, *regardant la pointe de ses bottines.*

Non, je ne peux pas décidément, je ne peux pas!...

LE COMTE

Grand enfant que vous êtes. J'aurais dû penser que votre séjour à Paris allait vous entraîner à certains frais. Allons, combien vous faut-il?

HENRI

Deux mille francs.

LE COMTE, *les tirant de son portefeuille.*

Les voici!

JACQUES, *à la comtesse, à part, en montrant Henri.*

Il est tout de même trop roublard cet animal-là!

(*Au moment où le comte de Marsange emmène Henri par la droite, un domestique paraît au fond.*)

SCÈNE III

LES MÊMES, LE DOMESTIQUE, puis JEAN LEROY

LE COMTE

Qu'est-ce que c'est ?

LE DOMESTIQUE

Monsieur le comte, c'est un homme qui voudrait parler à M. Henri.

HENRI

Un homme ?

UN DOMESTIQUE

Oui, monsieur, un ouvrier !...

HENRI

Il vous a donné son nom ?...

LE DOMESTIQUE

Non, monsieur, mais je le connais, c'est un mécanicien nommé Jean Leroy.

HENRI, à part.

Le fiancé de Louisette !... (haut) Je n'y suis pour personne.

JEAN LEROY, apparaissant.

Je vous demande pardon, monsieur de Lachesnaye, d'être obligé de vous donner un démenti, mais il faut que je vous cause.

LA COMTESSE, arrogante,

Et de quel droit vous permettez-vous de pénétrer chez moi ?

JEAN LEROY, s'inclinant respectueusement.

De quel droit, madame ? Demandez-le à votre frère. Mais comme il est préférable pour lui que l'explication que je viens lui demander ait lieu sans témoins, il va immédiatement, j'en suis persuadé, m'accorder les dix minutes d'entretien que je lui réclame, oui, dix minutes seulement. Cela me suffira, soit pour nous mettre d'accord, soit pour .. je n'en dis pas davantage. . .

LE COMTE

Henri, vous êtes ici chez vous et nous sommes prêts à nous retirer.

LA COMTESSE

Cependant cet homme devrait savoir...

JEAN LEROY

En effet, madame, je sais bien des choses.

LA COMTESSE

Des menaces ?

HENRI

Laisse-nous, ma chère Claudine. Comme monsieur vient de te le dire, je suis sûr qu'il nous suffira de dix minutes pour dissiper tout malentendu.

LA COMTESSE

Comme tu voudras.

JACQUES, à part.

Bizarre autant qu'étrange !

LA COMTESSE, à Jacques.

Retenez mon mari. Je suis sûre que mon frère a dû faire quelque sottise.

JACQUES

Compris !

SCÈNE IV

JEAN LEROY, HENRI

LEROY

Vous devez sans doute vous douter pourquoi je suis ici ?

HENRI

Mais, monsieur.

LEROY

Il n'y a pas de mais, monsieur. Vous avez séduit Louisette Fougeray.

HENRI

Vous dites ?

LEROY

Je dis que vous avez séduit Louisette Fougeray, que vous l'avez rendue mère, et j'ajoute que vous allez l'épouser !

HENRI

Moi, épouser Louisette Fougeray !

LEROY

Parfaitement.

HENRI

Mais vous êtes fou, mon pauvre ami ! D'abord, c'est impossible !..

LEROY

Impossible, et pourquoi ?

HENRI

Mais parce que je me marie dans trois semaines.

LEROY, ironique.

Avec une riche américaine !

HENRI

Avec une riche américaine !

LEROY

Eh bien, vous allez rompre immédiatement ce mariage.

HENRI

Ah ! ça, jamais de la vie !

LEROY

Alors, mon cher monsieur...

HENRI

Alors, quoi ?

LEROY

C'est à moi que vous allez avoir affaire.

HENRI

A vous ? Et de quel droit prétendez-vous m'imposer votre volonté ? — Vous n'êtes ni le frère ni le père de Louisette.

LEROY

J'étais son fiancé.

HENRI

Et c'est vous qui venez me donner l'ordre de l'épouser ? Mais, mon ami, votre démarche est tout ce qu'il y a de plus ridicule et déplacée. Ce sont des choses qui ne se font pas.

LEROY

Dans votre monde, peut-être.

HENRI

Dans aucun monde (s'esclaffant). Non, laissez-moi rire.

LEROY

Prenez garde.

HENRI

A quoi ?

LEROY, s'approchant d'Henri.

Monsieur de Lachesnaye, écoutez-moi bien, je vous en prie. J'ai juré à Louisette Fougeray de la sauver ou de la venger, c'est de vous que dépend son salut, mais c'est de moi que dépend sa vengeance, choisissez.

HENRI

C'est tout choisi !

LEROY

Alors ?

HENRI

En voilà assez. Je pars tout à l'heure pour Paris et je suppose que vous n'avez pas l'intention de me faire manquer mon train.

LEROY

Encore une fois, prenez garde !

HENRI

Je vous ordonne de vous retirer.

LEROY, allant sur lui et terrible.

Je ne m'en irai pas !

HENRI

Vos menaces ne me font pas peur.

LEROY

Je ne vous menace pas, je vous préviens.

HENRI

Sachez que je ne suis pas un homme à me laisser intimider par un chantage.

LEROY

Un chantage !

HENRI

Oui, un chantage. Si vous voulez de l'argent, on vous en donnera !

LEROY

De l'argent !

HENRI

Mais une fois pour toutes, laissez-moi tranquille avec votre fiancée et toutes vos histoires de brigands.

LEROY

Vous avez été l'amant de Louisette !

HENRI

C'est qu'elle l'a bien voulu !

LEROY

Vous lui avez fait un enfant ?

HENRI

Eh bien, après ?

LEROY

Après ?

HENRI

Oui, et après. Qui me dit que cette petite, vous ne l'avez pas eue avant moi !

LEROY

Ah ! taisez-vous !

HENRI

Et qui me dit que cet enfant dont vous voulez me faire endosser la paternité n'est pas précisément le vôtre.

LEROY

Misérable !...

(Il bondit, les mains en avant, comme pour l'étrangler. Les deux hommes vont s'empoigner.)

SCÈNE V

LES MÊMES, LA COMTESSE

LA COMTESSE, se jetant entre son frère et Jean Leroy.

Eh bien ! Voyons ! Vous êtes fous !

LEROY

Oh ! Madame, si vous saviez...

LA COMTESSE

J'ai tout entendu. Mon frère a eu tort de vous parler comme il l'a fait. Henri, laisse-moi avec Monsieur Jean Leroy, car c'est à moi qu'il appartient désormais d'arranger cette très regrettable histoire. (Bas à son frère). Vite, l'auto est prête. Je t'écrirai dès ce soir.

HENRY, bas.

Compris ! (haut). A tout à l'heure, Monsieur Jean Leroy.

LEROY, le regardant s'éloigner.

Bandit !

SCÈNE VI

LA COMTESSE, JEAN LEROY

LA COMTESSE

Monsieur, croyez que je suis navrée, désolée de ce que je viens d'apprendre. Je ne pouvais pas me douter... Mais pourquoi n'êtes-vous pas venue me trouver. Je suis très bonne, moi. On ne fait jamais appel en vain à mon cœur.

LEROY, un peu calmé.

Je sais, madame, que vous passez pour très charitable ; or cette fois il ne s'agit pas d'une œuvre de bonté, mais d'un acte de justice.

LA COMTESSE

Certes, je ne défends pas mon frère. Il est très coupable. Elle est gentille, cette petite et soyez sûr que je suis toute prête à m'y intéresser. Dites-moi ce que je peux faire pour elle et je le ferai.

LEROY

Je vous remercie vivement, Madame, vous avez entendu ce que j'ai dit tout à l'heure à votre frère ?

LA COMTESSE

Oui, Monsieur.

LEROY

Je n'ai rien à y ajouter, rien à y retrancher.

LA COMTESSE

Alors si j'ai bien compris, vous exigez qu'Henri de Lachesnaye épouse Louisette ?

LEROY

C'est cela même.

LA COMTESSE

Et s'il refuse ?

LEROY

Je le tuerai, ou tout au moins j'essaierai.

LA COMTESSE

Vous êtes un homme terrible, Monsieur Leroy et vous employez de tels arguments qu'avec vous toute discussion devient difficile. Cependant je veux bien essayer de m'entendre. Vous êtes le fiancé de Louisette ?

LEROY

Oui, Madame

LA COMTESSE

Vous l'aimez ?

LEROY

Je l'aime.

LA COMTESSE

Même après sa faute ?

LEROY

Même après sa faute.

LA COMTESSE

Et vous voulez forcer mon frère à l'épouser ! J'avoue que je ne comprends pas très bien.

LEROY

Vous êtes bonne pourtant, Madame, vous êtes très bonne. Souvent, j'en suis sûr, pour venir en aide aux malheureux, vous avez dû malgré votre grande fortune, vous priver de nombreux plaisirs et renoncer à bien des joies... Eh bien, pourquoi ne voulez-vous pas que je sacrifie au bonheur de celle que j'aime mon propre bonheur qui est la seule richesse dont j'ai le droit de disposer.

LA COMTESSE

C'est peut-être aller loin dans la voie du sacrifice.

LEROY

Il n'appartient qu'à moi, Madame, de mesurer la longueur du chemin.

LA COMTESSE

Enfin, Monsieur, il y aurait peut-être une autre solution ?

LEROY

Une autre solution ?... Je n'en vois pas.

LA COMTESSE

Voulez-vous que nous cherchions ensemble ?

LEROY

A quoi bon ?

LA COMTESSE

Vous êtes buté. Vous avez tort. Vous aimez Louisette d'une façon que je qualifierai d'héroïque. Vous ne souhaitez que son bonheur. Eh bien, Monsieur Leroy, êtes-vous bien sûr d'assurer ce bonheur en forçant mon frère à l'épouser ?

LEROY

Mais, Madame.

LA COMTESSE

Henri et Louisette ont reçu une éducation différente. Ils n'appartiennent pas au même milieu social. Donc, ils ne sauraient avoir les mêmes goûts ni les mêmes idées. Vous, un garçon intelligent, vous devriez comprendre qu'un mariage accompli dans de telles conditions n'offre que de bien faibles garanties d'avenir. Certes, Henri a été léger, mais Louisette — Oh! je ne voudrais pas l'accabler, la pauvre petite — mais Louisette elle aussi a sa part de faute. Donc, au lieu de vous emporter et d'aller jusqu'à menacer de mort un jeune homme qui n'est pas plus coupable que bien d'autres, laissez-moi donner à Louisette le dédommagement qui lui est dû, et nous éviterons un scandale qui rejaillirait plus encore sur cette jeune fille et sur les siens que sur mon frère et sur moi-même.

LEROY, se contenant pour ne pas éclater.

Et ce dédommagement consisterait sans doute en une somme d'argent ?

LA COMTESSE

Une dizaine de mille francs environ.

LEROY, ironique.

Oui, il est évident que l'honneur d'une fille du peuple ne vaut pas davantage.

LA COMTESSE

Attendez donc... J'enverrai, à mes frais, Louisette passer le temps de sa grossesse dans une maison spéciale où elle sera entourée de tous les soins et de toute la discrétion nécessaire. Quand elle aura eu son bébé, elle reviendra chez ses parents, tout tranquillement.

LEROY

Tout tranquillement!

LA COMTESSE

Et personne ne se doutera de rien.

LEROY

C'est parfait.

LA COMTESSE

N'est-ce pas ?

LEROY

Oh! c'est tout à fait bien... mais...

LA COMTESSE

Mais quoi ?

LEROY

Et l'enfant ?...

LA COMTESSE

L'enfant ?... Je consens encore à m'en charger.

LEROY

Vous le ferez mettre en nourrice ?

LA COMTESSE

C'est cela!

LEROY

Puis, vous le placerez dans un de ces asiles où l'on envoie souvent les petits des filles-mères.

LA COMTESSE

Nous avons d'excellents patronages.

LEROY

Là... on lui apprendra un métier quelconque.

LA COMTESSE

Un bon métier...

LEROY

Et après ?

LA COMTESSE

Après, il fera comme tant d'autres... il travaillera...

LEROY

Il n'aura pas de nom.

LA COMTESSE

Il s'en fera un.

LEROY

Il ne reverra jamais son père... ni sa mère...

LA COMTESSE

Evidemment.

LEROY

Eh bien! non! non! Madame... cela ne sera pas... cela ne peut pas être...

LA COMTESSE

Pourquoi ?

LEROY

Voyons. A vous qu'on appelle la dame de charité, à vous qui tant de fois vous êtes penchée sur les souffrances des autres, à vous qui, mieux que personne, devez comprendre le cœur humain, je demande : Est-ce que cet enfant qui naîtra bientôt ne doit pas avoir droit de cité parmi nous ? Est-ce qu'il n'est pas le fils de Monsieur Henri de Lachesnaye, votre frère ? Est-ce qu'il n'aura pas dans les veines une part de votre sang ? Et parce que son père le renie, même avant sa naissance, il faut que cet enfant soit toute sa vie celui dont on a pitié, celui qu'on recueille, et celui qu'on cache... Allons donc, Madame! Lui aussi a droit à sa place au soleil, au grand soleil qui luit pour tout le monde, pour les petits comme pour les grands, pour les bâtards comme pour les autres... Oui, oui, j'ai raison. Vous m'approuvez, Madame, car s'il en était autrement, vous me feriez croire que votre charité n'est pas sincère.

LA COMTESSE

Vous me parlez un langage, Monsieur, que je ne puis admettre.

LEROY

N'est-il pas celui de la vérité et de la justice ?

LA COMTESSE

Jusqu'ici, je vous ai écouté avec patience.

LEROY

Madame.

LA COMTESSE

Je vous ai offert une solution qui sauvegarde l'honneur de Louisette Fougeray.

LEROY

Mais qui la force à abandonner son enfant.

LA COMTESSE

Je ne puis rien faire de plus!

LEROY

Et moi je ne puis accepter vos offres.

LA COMTESSE

Vous avez tort... Louisette sera peut-être plus raisonnable.

LEROY

J'en doute.

LA COMTESSE

Alors, inutile de discuter davantage!

LEROY

C'est bien, Madame, je me retire... mais s'il arrive un malheur...

LA COMTESSE

Encore des menaces ?

LEROY

Votre frère n'aura qu'à s'en prendre à lui-même.

LA COMTESSE

Sortez!

(Jean Leroy va sortir, mais à ce moment M. de Marsange paraît, suivi de Jacques de Cernay).

SCÈNE VII

LES MÊMES, LE COMTE, JACQUES

LE COMTE

Ma chère amie, que me dit-on ? Henri a pris l'automobile pour se rendre à Paris ?

LEROY, entre les dents.

Ah! très bien!..

LA COMTESSE, à son mari.

Mais... je n'en sais rien... après tout, c'est fort possible.

LE COMTE

Il paraît qu'il est parti à une allure folle.

LEROY

Parbleu!...

LE COMTE

Il a même failli écraser une jeune fille qui se précipitait vers la voiture... Je me demande ce que tout cela signifie...

LA COMTESSE

Henri, comme tous les jeunes gens, adore les sports... Il est probable... Enfin... vous lui demanderez... Il ne m'a rien dit .. je ne sais pas, moi... je ne sais pas.

LEROY

Eh bien, moi, je sais...

LA COMTESSE

Vous! je vous défends!..

LEROY

Pardon, madame... je n'ai pas d'ordre à recevoir de vous... et je vais pouvoir renseigner M. de Marsange. (au comte). Votre beau-frère vient de s'enfuir, Monsieur, parce qu'il avait peur de moi.

LE COMTE

Peur de vous !...

LEROY

Oui, de moi. . de moi qui suis venu le prier d'abord, le sommer ensuite d'épouser une jeune fille qu'il avait rendue mère.. Il a refusé... Et, comme je le menaçais de justes représailles, il a préféré vous emprunter votre auto... pour filer à toute vitesse, quitte à écraser, comme il a manqué de le faire, la malheureuse qu'il abandonnait après l'avoir déshonorée.

LE COMTE, à sa femme.

Comment, votre frère aurait ..

LA COMTESSE

En voilà assez, n'est-ce pas?... Pour la seconde fois, je vous prie de vous retirer. . Je ne supporterai pas plus longtemps que vous veniez me braver chez moi... et je vous avertis que si vous persistez dans vos menaces et vous vous livrez à la moindre incartade envers mon frère ou envers moi-même je vous ferai arrêter... Il y a encore des lois en France!...

LEROY

Oui, je sais... des lois forgées par les plus forts, toujours pour l'intérêt des plus forts... des lois qui, en interdisant la recherche de la paternité, permettent aux Heury de Lachesnaye de plonger dans la honte et la douleur les familles les plus honorables, et d'aller prendre, d'aller voler aux ouvriers ce qu'ils ont de plus précieux et de plus cher, l'honneur de leurs filles... Mais, sachez-le, Madame, à côté de la justice des puissants et des riches, il en est une autre contre laquelle toutes les forteresses légales que vous avez construites, ne sauraient vous défendre... une justice dont toutes ces œuvres de bienfaisance que vous n'avez fondées que pour apaiser et endormir les justes révoltes qui grondaient en nous ne sauraient arrêter le cours, une justice enfin faite de toutes les nobles rancœurs, de toutes les saintes colères, et aussi de tous les droits les plus sacrés et les plus légitimes. C'est la justice du peuple! C'est à celle-là que je vais faire appel...!

LA COMTESSE

C'est intolérable. (à son mari) Chassez cet énergumène.

JACQUES, à Leroy.

Allez-vous-en, n'est-ce pas.

LEROY

Vous... je ne vous parle pas!...

JACQUES

Moi je vous parle.

LEROY

Nous ne sommes pas à la caserne... Au revoir, madame la comtesse... et quand vous écrirez à Monsieur votre frère, dites-lui... bien des choses... oui, bien des choses de ma part.

(Il sort).

SCÈNE VIII

JACQUES, M. DE MARSANGE, LA COMTESSE

LA COMTESSE

Quelle audace...

JACQUES

Si les ouvriers se permettent maintenant de venir nous menacer jusque chez nous.

LA COMTESSE

Et si les jeunes gens ne peuvent plus s'amuser.

JACQUES

Hein! ma cousine, cela doit vous guérir de faire la charité.

LA COMTESSE

Ce n'est pas pour ces gens-là que je la fais, c'est pour moi-même.

JACQUES

Mais c'est un anarchiste que ce Jean Leroy.

LA COMTESSE

Un fou...

LE COMTE

C'est un grand cœur!

RIDEAU

ACTE III

TROISIÈME TABLEAU

LE CALVAIRE DE LOUISETTE

Même décor qu'au premier acte.

Au lever du rideau, Mme Fougeray est seule, la lumière d'une chandelle éclaire faiblement la pièce; mais à travers les volets clos, on voit filtrer les premiers rayons du jour.

SCÈNE PREMIÈRE

Mme FOUGERAY, seule.

(Assise devant la table, la tête entre les mains, accablée, désolée, elle semble en proie à une profonde douleur. Puis, bientôt, elle relève la tête et dirige son regard vers la fenêtre.)

Mme FOUGERAY

Le jour! Enfin! Quelle nuit atroce! Jamais je n'ai autant souffert... (Elle se lève et va ouvrir les volets) Et mon pauvre homme qui dort là, bien tranquille, ne se doutant de rien... Quel réveil pour lui, lorsqu'il apprendra... Non, je ne puis croire à ce qui nous arrive. — Ma fille, ma petite Louisette, elle, si douce, si bonne, si tendre. Non. Ce n'est pas possible!... ce n'est pas possible!... (Elle prend un objet sur la commode) La couronne que son frère lui avait apportée hier. Je lui avais bien dit à mon Pierre qu'il ne fallait pas plaisanter avec ces choses-là... (Avisant un portrait accroché au mur.) Son portrait en première communiante. Etait-elle jolie ainsi? Tout le monde disait qu'elle avait l'air d'une mariée?... Et dire que je ne la reverrai peut-être plus jamais... Ah! c'est trop! oui, c'est trop de chagrin tout de même!...

(Elle est retombée près de la table et sanglotte douloureusement. Pierre paraît au fond.)

SCÈNE II

Mme FOUGERAY, PIERRE

PIERRE, regardant sa mère pleurer... puis s'avançant doucement vers elle.

Maman...

Mme FOUGERAY

C'est toi, mon fils.

PIERRE

Oui, mère!... Allons, ne te désole pas comme ça!

Mme FOUGERAY, au comble de l'anxiété.

Quoi de nouveau?

PIERRE

Rien.

Mme FOUGERAY

Mon Dieu !

PIERRE

Toute la nuit, j'ai couru à droite et à gauche, dans les faubourgs de la ville, dans la campagne, et je n'ai rien rencontré...

Mme FOUGERAY

Ma Louisette !... (remarquant que Pierre est tout couvert de boue et semble très fatigué) Mais tu ne dois plus en pouvoir, mon pauvre petit.

PIERRE

Oh ! non... ça va... Tout à l'heure je repartirai... Je chercherai encore...

Mme FOUGERAY

Tu es allé chez Jean Leroy ?

PIERRE

Oui. Mais il n'était pas chez lui.

Mme FOUGERAY

Il cherchait, lui aussi, sans doute.

PIERRE

Non, mère. Un de ses camarades d'atelier m'a dit qu'il était parti pour Paris.

Mme FOUGERAY

Pour Paris ?

PIERRE

Oui, même qu'il avait l'air tout chose... et que ses voisins l'ont entendu parler tout seul et répéter à plusieurs reprises : « Je la vengerai ! oui, je la vengerai ! »

Mme FOUGERAY

Tu me fais peur. Ah ! quel drame terrible !... Hier encore, nous étions si heureux, si tranquilles... Et maintenant tout notre bonheur s'est envolé avec Louisette. Qui sait où elle est ? Ce qu'elle fait ? — Peut-être erre-t'elle comme une folle à travers champs ? Peut-être s'est-elle jetée dans la rivière ? C'est affreux !...

PIERRE

Maman, il ne faut pas avoir des idées pareilles.

Mme FOUGERAY

Va, je sens bien que je ne reverrai jamais ta sœur...

PIERRE

Et moi, je suis bien sûr qu'elle reviendra.

Mme FOUGERAY

Tu n'as donc pas lu le mot d'écrit qu'elle nous a envoyé hier soir ?

PIERRE

Si...

Mme FOUGERAY

Ecoute encore. (Tirant un papier froissé de son corsage.) « Chers parents... Adieu... Oui, adieu. Abandonnée par celui en qui j'avais mis toute ma confiance et tout mon amour, trahie par l'homme qui est le père de l'enfant que je porte en mon sein, et n'osant affronter votre juste colère, je pars... désespérée... Ma place n'est plus auprès de vous... J'en suis indigne... Adieu encore... et pardon...

Votre fille bien malheureuse,
LOUISETTE.

(A Pierre.) Tu vois bien.

PIERRE

Mais elle ne dit pas qu'elle veut mourir...

Mme FOUGERAY

Que veux-tu qu'elle fasse, seule, toute seule, avec cet enfant qui va naître ?

PIERRE

Mais... je ne sais pas.

Mme FOUGERAY

Ce pauvre petit. Nous l'aurions pourtant aimé... Ce n'était point de sa faute, à lui. Ah ! comme Louisette a eu tort de manquer de franchise envers moi... Est-ce qu'une mère ne pardonne pas toujours à son enfant ? On se serait arrangé... on aurait caché ça au vieux.

PIERRE

Ah ! oui, le père... Est-ce qu'il sait ?

Mme FOUGERAY

Non, rien. Il était tard hier soir quand cette lettre est arrivée. Nous venions de dîner. Alors, j'ai eu peur qu'une telle nouvelle ne bouleversât trop mon pauvre homme. Dame, il n'est plus tout jeune. . Il vient d'être malade. Une congestion est vite arrivée. Et je lui ai laissé passer sa nuit bien tranquille.

PIERRE

Tu as bien fait. Pauvre bonhomme ! Qu'est-ce qu'il va dire quand il va apprendre ça !

Mme FOUGERAY

Je n'ose y songer ! Je vais toujours lui faire chauffer son café. C'est aujourd'hui qu'il reprend son travail.

(Elle va à la cheminée et approche du feu un filtre en terre. Puis sur la table, elle pose trois tasses.)

PIERRE, cherchant dans un meuble

Non, non, ce n'est pas possible qu'elle se soit fait périr ! C'est égal ! Si je connaissais le vilain oiseau qui a fait cela !... Ah ! bon sang de bois ! Je crois qu'il passerait plutôt un fichu quart d'heure... Je ne donnerais pas deux sous de sa peau !... (après avoir fureté dans un tiroir de la commode). Oh ! maman !

Mme FOUGERAY

Qu'y a-t-il, mon enfant ?

PIERRE

Dans ce carton.

Mme FOUGERAY

Oui. Eh bien ?

PIERRE

C'était là que Louisette serrait ses économies. Une centaine de francs environ.

Mme FOUGERAY

Je sais...

PIERRE

Il n'y a plus rien.

Mme FOUGERAY

Alors ?

PIERRE

C'est donc qu'elle a emporté son argent, et si elle a emporté son argent, c'est qu'elle n'aurait pas l'intention de se tuer.

Mme FOUGERAY

C'est vrai !

PIERRE

Parbleu ! J'en étais sûr... Vas n'aie pas peur... Lorsqu'elle se verra seule, toute seule .. elle songera à nous qu'elle aime bien, et elle ne tardera pas à rentrer à la maison.

Mme FOUGERAY

Oh ! embrasse-moi, mon Pierre, embrasse-moi.

(Elle se jette en pleurant dans les bras de son fils).

PIERRE

Allons, maman, ne pleure pas comme ça... Je te dis qu'elle reviendra, moi, je te le promets..

Voix du père Fougeray, dans la coulisse.

C'est le roi Dagobert
Qui a mis sa culotte à l'envers.

Mme FOUGERAY

Ton père qui se réveille.

PIERRE

Qu'est-ce que nous allons bien pouvoir lui raconter ?

Mme FOUGERAY

Attendons encore !

PIERRE

Oui... c'est cela... Attendons ! J'ai comme qui dirait l'idée que nous allons bientôt revoir Louisette.

Mme FOUGERAY

Pas moi ! Je connais ta sœur. C'est une nature fière... obstinée... Jamais elle ne revient sur ce qu'elle a dit... Va, elle est bien perdue pour nous.

PIERRE, qui a aidé sa mère à disposer la table.

Je finirai bien par savoir où elle s'est réfugiée, et je vous la ramènerai. (regardant le sucrier). Seulement, voilà, il n'y a pas de sucre. Et le père qui en prend toujours trois morceaux.

Mme FOUGERAY

Je vais aller en chercher.

PIERRE

Penses-tu. Ce serait un peu fort tout de même que ce soit toi qui te dérange qand je suis là.

Mme FOUGERAY

Mais tu as passé la nuit dehors.

PIERRE

Une belle affaire.

Mme FOUGERAY

Brave enfant !

PIERRE

Je reviens dans deux minutes.

(Il sort).

Mme FOUGERAY, seule.

Et moi qui ai toujours préféré Louisette. Les cœurs des mamans ont eux-mêmes leurs injustices.

SCÈNE III

Mme FOUGERAY, LE PÈRE FOUGERAY

Le père Fougeray paraissant.

Le Bon Saint-Eloi
Lui dit : ô mon roi
Votre majesté...

(Apercevant sa femme). Bonjour, femme.

Mme FOUGERAY

Bonjour, mon ami

FOUGERAY

Comment que ça se fait que te voilà déjà debout.

Mme FOUGERAY

J'ai pensé que ça te ferait plaisir de prendre un bon café bien chaud avant d'aller à ton travail.

FOUGERAY

Toujours la même, bonne et dévouée... Mais .. ah ! ça, dis-donc, tu as les yeux tout rouges.

Mme FOUGERAY

Ah ! tu crois. .

FOUGERAY

Parbleu ! c'est bien facile à voir ! Regarde-moi. Mais oui, parfaitement, on dirait que tu as pleuré....

Mme FOUGERAY

Mais non, je t'assure... c'est la fumée de charbon.

FOUGERAY

J'aime mieux ça.... Et Pierre, où est-il donc ?

Mme FOUGERAY

Il est allé chercher du sucre.

FOUGERAY

Ah ! très bien. Il va faire beau temps aujourd'hui. Et Louisette, ma petite Louisette ?...

Mme FOUGERAY

Elle est. . elle est partie livrer du linge....

FOUGERAY

A six heures du matin ?

Mme FOUGERAY

La cliente était très pressée.

FOUGERAY

Elle change donc de chemise en se levant, celle-là.

Mme FOUGERAY

Faut croire !

FOUGERAY

Il sent rudement bon, ton café.... Je crois que je vais lui faire honneur... C'est étonnant comme je suis bien aujourd'hui. Jamais je n'ai dormi si calme. Seulement, par exemple, j'ai dû ronfler comme un sonneur... Alors, tu dis que Louisette est allée porter du linge ?

Mme FOUGERAY

Mais oui.

FOUGERAY

Elle va bientôt revenir.

Mme FOUGERAY

Je pense...

FOUGERAY

C'est que, vois-tu, ça m'ennuierait de m'en aller à mon travail, sans l'avoir embrassée.... Notre Louisette !.. Elle est si gentille... c'est singulier, par exemple, que là, tout d'un coup, elle n'ait plus voulu de Jean Leroy ... Mais après tout, tant pis.... Elle est jolie fille... elle est sérieuse.... Elle ne sera pas en peine de trouver un autre mari avec des sous ; femme, qu'est-ce que tu as ? Jamais encore, je ne t'ai vue me faire une tête pareille.

SCÈNE IV

Mme FOUGERAY, PIERRE, LE PÈRE FOUGERAY

PIERRE

Voilà le sucre !

FOUGERAY, souriant.

Ah ! tout de même.

PIERRE

Bonjour, papa !

FOUGERAY

Bonjour, mon gars.

PIERRE

Et, ça va ?

LE PÈRE FOUGERAY, sucrant son café que sa femme lui a versé.

Je disais même à ta mère que jamais je ne m'étais aussi bien porté.

PIERRE

Allons, tant mieux ! Tant mieux !

FOUGERAY, tout en prenant du café qu'il avale à petites gorgées.

Dis donc.. tu ne trouves pas ça, drôle, toi ?

PIERRE

Quoi donc ?

FOUGERAY

Que Louisette ait rendu sa parole à Leroy.

PIERRE

Mais... je ne sais pas, moi.

FOUGERAY

Elle ne t'a rien dit, à toi, elle ne t'a pas fait de confidences ?

PIERRE

Ma foi non ?. .

FOUGERAY

Eh bien, moi, j'ai peur qu'il y ait là-dessous quelque chose.

PIERRE

Mais non.

FOUGERAY

La mère, donne-nous donc un peu de goutte... (La mère Fougeray va au buffet chercher un flacon d'alcool.) Et Louisette qui ne revient pas... c'est si loin que ça qu'elle est allée ?

PIERRE, très gêné.

Elle est allée chez une de ses amies qui est malade.

FOUGERAY

Ta mère m'a dit que c'était pour porter du linge...

PIERRE

Oui, c'est cela, porter du linge chez une de ses amies qui est malade.

Mme FOUGERAY, revenant avec le carafon.

Voilà la goutte !... mais n'en prends pas trop.

FOUGERAY

Une larme ! bien que les larmes ça ne soit pas beaucoup mon affaire. T'en prends un peu, Pierre ?

PIERRE

C'est pas de refus.

FOUGERAY, à sa femme.

Et toi ?

Mme FOUGERAY

Non, merci.

FOUGERAY

T'en fais une tête... Tu as l'air tout drôle, ce matin. Et toi aussi... Pierre... D'ordinaire tu rigoles... tu chantes, tu blagues... et te voilà plus triste qu'un bonnet de nuit.

PIERRE

Mais je ne suis pas triste.

FOUGERAY

Ah ! ça, qu'est-ce qui m'a fichu de pareilles binettes. C'est moi qui vais être obligé de vous mettre de bonne humeur... Alors, encore une goutte.

(Il chante.)

Versez, versez le vin de Marsala !

Mme FOUGERAY, éclatant en sanglots.

Je ne peux plus... Je ne peux plus...

FOUGERAY, se levant brusquement.

Femme ! Qu'y a-t-il ?

Mme FOUGERAY

Mon homme ! mon pauvre homme !

FOUGERAY

Ah ! je savais bien que vous me cachiez quelque chose... Louisette, n'est-ce pas ? Il est arrivé malheur à Louisette...

PIERRE

Père !...

FOUGERAY

Oui, tout à l'heure vous m'avez menti. (A sa femme) toi en me disant qu'elle était allée porter du linge. (A son fils) toi en me racontant qu'elle était partie chez une de ses amies... Où est-elle ?... Je veux savoir où elle est ! Allons, parle... pas de cachotteries, pas de mystères, je veux que tu me dises toute la vérité.

PIERRE

Je t'en prie, ne te fâche pas.

FOUGERAY

La vérité, vous dis-je, la vérité.

PIERRE

Aie pitié de maman.

FOUGERAY

C'est donc si grave pour que tu me demandes d'avoir pitié de ta mère ?

PIERRE

Papa... Mieux vaudrait attendre qu'elle revienne.

FOUGERAY

Parle, mon fils... Je te promets de ne pas me mettre en colère...

PIERRE, se décidant.

Eh bien, Louisette nous a quittés.

FOUGERAY

Qu'est-ce que tu me dis là ?

PIERRE

Louisette est... partie.

FOUGERAY

Partie... où ça ?

PIERRE

Nous ne savons pas.

FOUGERAY

Non, non, ce n'est pas vrai, ce n'est pas possible. Louisette... ma fille... aurait... je ne vous crois pas... Hier soir encore, elle est allée au théâtre avec son frère.

Mme FOUGERAY

Nous t'avons dit cela pour ne pas t'inquiéter... mais ..

FOUGERAY

Non. Ce n'est pas vrai, je ne vous crois pas, vous dis-je ! vous vous trompez. Et à moins d'avoir la preuve...

Mme FOUGERAY

Hélas ! la voici. (Elle tend à son mari la lettre de sa fille). Pardonne-moi, mon homme, de te faire autant de peine, mais je ne peux pas cacher plus longtemps ce qui est.

FOUGERAY, lit à la muette.

Peu à peu son visage se décompose... ses traits se contractent. Puis il a un geste de colère terrible, mais se contenant... il se tourne vers sa femme, et lui ouvrant tout grands ses bras :

Viens m'embrasser, ma pauvre vieille, car tu dois être bien malheureuse !

Mme FOUGERAY, tombant dans ses bras.

Mon homme !

(Ils restent un moment enlacés. Tous deux pleurent... Pierre, douloureusement a détourné la tête. Un grand silence.)

FOUGERAY, se détachant de sa femme.

Ah ! il va nous falloir du courage .. beaucoup de courage !... Louisette. (Il a comme un ressaut de colère). Oh ! — (se calmant). C'est pas en me fichant en colère que je la ferai revenir ... Et pour toi, ma bonne Françoise, ça te ferait du mal de m'entendre crier... Ah ! c'est épouvantable de se dire que votre fille qu'on a élevée si bien est devenue, là, sous vos yeux... dans votre maison, une... une... Ah ! je voudrais crier ma douleur... crier ma honte

PIERRE

Père...

FOUGERAY

Voilà donc pourquoi elle ne voulait plus de Jean Leroy... Et elle a sacrifié ce brave garçon à un godelureau quelconque qui l'a séduite, et qui, aussitôt qu'il a vu que les choses se gâtaient, s'est enfui... s'est dérobé comme un lâche... Mais il va me le payer... son nom ... je veux le connaître ... Dites-moi tout de suite... vous autres.

Mme FOUGERAY

Nous ne savons pas

FOUGERAY

Allons donc !

LA MÈRE FOUGERAY

Je t'assure... que nous ignorons.

FOUGERAY

Si, si... vous savez, mais vous ne voulez rien dire... parce que vous avez peur que je fasse du scandale ...

PIERRE

Crois-tu donc, papa, que si je connaissais le misérable, je t'aurais attendu pour aller lui casser la gueule !

LE PÈRE FOUGERAY

Non ! non... pas toi... c'est moi le père que ça regarde !... Mais où le trouver ? Avez-vous des soupçons, vous autres ?

Mme FOUGERAY

Non !

PIERRE

Je ne vois pas !

FOUGERAY

Quel honte, mon Dieu, quelle honte !... Nous qui étions si fiers de notre Louisette !... Quand on va savoir dans le pays !... Louisette Fougeray, cette petite qui passait pour un modèle de vertu, que l'on citait en exemple aux autres... eh bien... c'est... c'est une fille-mère ... oui, une fille-mère ! .. Ah ! elle cachait bien son jeu... la petite gueuse... Comme elle nous a menti... Comme elle s'est bien moquée de nous... et de Jean Leroy ... et de tout le monde...

Mme FOUGERAY

Je t'en prie.

FOUGERAY

Elle est partie... elle a bien fait... car je me demande si j'aurais eu la force de me contenir, en face d'elle... et si...

(Il a un geste terrible.)

Mme FOUGERAY

Oh ! tais-toi... tais-toi.

(Louisette paraît au fond. Elle est dans un état épouvantable... sa robe est couverte de boue. Elle est pâle, exténuée, et semble ne plus avoir la force de marcher. Elle s'arrête sur le seuil de la porte comme figée sur place. L'œil hagard, elle regarde ses parents.)

SCÈNE V

LES MÊMES, LOUISETTE

PIERRE

Elle !...

Mme FOUGERAY

Ma fille !...

FOUGERAY, prêt à s'élancer sur elle

Misérable !...

Mme FOUGERAY

Mon homme !...

LOUISETTE, allant tomber aux genoux de ses parents

Pardon !...

PIERRE, à sa mère

Je te l'avais bien dit, maman, qu'elle reviendrait.

Mme FOUGERAY

Ma pauvre petite !

(Elle va pour la relever.)

FOUGERAY, terrible

Laisse !...

Mme FOUGERAY

Mon Dieu !

PIERRE

Père !...

FOUGERAY

Laissez-moi, vous dis-je... (à sa fille). Malheureuse !.. Alors, c'est vrai, ce que tu as écrit à ta mère ?

LOUISETTE, cachant sa tête entre ses mains

Oui.

FOUGERAY

Tu vas me dire toute la vérité... cet homme qui t'a séduit...

LOUISETTE

Je t'en supplie... ne m'interroge pas... en ce moment... je n'aurais pas... la force de te répondre... Plus tard... plus tard je te dirai tout... Mais laisse-moi pleurer, père... laisse-moi pleurer...

(Le père Fougeray, à bout et désarmé par tant de douleur, tombe, accablé, sur une chaise. La mère Fougeray, de l'autre côté de la scène, pleure, les coudes appuyés sur la cheminée.)

PIERRE, très doucement, à sa sœur

Relève-toi, Louisette... Va... nous t'aimons bien tout de même.

LOUISETTE

Mon frérot !

FOUGERAY, en un brusque ressaut

Pourquoi es-tu revenue ?

LOUISETTE, d'une voix brisée

Pourquoi ? Ah ! si vous saviez la nuit que j'ai passée... D'abord, lorsque Jean Leroy est venu me dire que c'était fini... que... l'autre... refusait de m'épouser... j'ai cru que j'allais tomber... et mourir là sans même avoir la force de prononcer une parole... Puis... je me ressaisis. Alors... comme je vous l'ai écrit, j'ai résolu de partir... je voulais me rendre à Paris... Là, je me serais placée... j'aurais gagné de mon mieux ma vie... et celle de mon enfant. Oui, j'y étais bien décidée. Car j'avais encore plus peur de votre douleur que de vos reproches.

Mme FOUGERAY

Louisette !

LOUISETTE

Mais j'avais perdu complètement la tête... je ne savais plus... ce que je faisais. Longtemps j'ai marché devant moi, au hasard. Où suis-je allée ? Je n'en sais rien ! Il faisait nuit quand je suis arrivée à la gare, je suis allée au guichet, pour prendre un billet. On m'a dit qu'il n'y avait plus de train pour Paris. Alors, je suis repartie... toujours au hasard... toujours devant moi... Bientôt j'ai dépassé les dernières maisons de la ville, j'ai pris la grande route... Le ciel était noir, très noir... Pas une étoile... rien que des nuages... de gros nuages... Et j'allais toujours... jusqu'au moment où mes forces m'ont trahie... Alors... je suis tombée... j'ai dû rouler dans un fossé... je ne sais pas, moi... et je suis restée là comme une bête qui va mourir... me croyant morte déjà et heureuse que ça soit fini... tout à fait !...

Mme FOUGERAY

Ma fille !...

LOUISETTE,

d'une voix de plus en plus angoissée, comme si les paroles s'étranglaient dans sa gorge.

Quand le jour est revenu... je me suis aperçue que je vivais encore... Je me suis relevée... comme j'ai pu... j'ai fait appel à tout mon courage, à toutes mes forces... Et j'ai repris le chemin de la gare... mais... tout à coup... au détour de la route... j'ai aperçu au loin notre maison... où vous étiez là... tous les trois... m'attendant... maman ouvrait les volets... J'ai vu rentrer Pierre... Il m'a semblé tout à coup que la maison venait vers moi, qu'elle s'approchait... qu'elle grandissait... qu'elle était là, tout près... que je n'avais qu'un pas à faire pour en franchir le seuil... C'était moi, moi qui sans m'en douter, avait marché vers elle... c'était moi qui vous revenait malgré ma volonté de partir... c'était moi... c'était moi !!!

Mme FOUGERAY

Père ?...

FOUGERAY

Que veux-tu ?

Mme FOUGERAY

Regarde-la... Aie pitié d'elle...

FOUGERAY, à sa fille.

Le nom du misérable ?

LOUISETTE

À quoi bon ?

FOUGERAY

Je l'exige !

LOUISETTE

Pourquoi ?

FOUGERAY

Comment !.. On m'aurait volé ma fille et je ne connaîtrais pas le voleur !

LOUISETTE

Je ne veux pas qu'à cause de moi, il y ait encore du malheur !

FOUGERAY

Le nom... te dis-je... si tu parles, je te garde... si tu te tais, je te chasse.

PIERRE

Oui, petite sœur, parle, cela vaudra mieux.

Mme FOUGERAY

Parle !...

LOUISETTE

C'est... c'est... Henri de Lachesnaye !

FOUGERAY

Henri de Lachesnaye ?

Mme FOUGERAY

Le frère de Mme de Marsange !...

FOUGERAY

Cette dame qui est venue nous offrir la charité ?

LOUISETTE

Oui ?

FOUGERAY

Comment, c'est lui... et il se marie... C'est vrai, elle nous l'a annoncé hier... Ah ! je comprends tout maintenant... Il se marie... La riche américaine... L'argent, toujours l'argent. Parbleu, toi, tu es une fille d'ouvrier, tu n'as pas de dot. Une fille d'ouvrier, qu'est-ce que c'est que ça, pour un homme comme M. de Lachesnaye ? Tu dois encore t'estimer bien heureuse qu'il t'ait distinguée, qu'il ait consenti à t'accorder ses faveurs et qu'il ait daigné te faire un enfant !... C'est une chance qui n'arrive pas à toutes... Ah ! le bandit !... Et quand je songe qu'il va vivre... qu'il est heureux... qu'il n'a pas plus de remords qu'il n'a eu de scrupules, et qu'en ce moment où, toi, ma pauvre femme, tu pleures toutes tes larmes, où, moi, je sens ma pauvre tête comme prête à éclater, lui, le godelureau, le freluquet, se prépare à épouser la demoiselle fortunée qui va lui redorer son blason. Ah ! il me prend l'envie d'aller l'abattre, comme une bête malfaisante.... Oui de l'étrangler de mes propres mains.

PIERRE

T'occupes pas de ça, papa, Jean Leroy s'en est chargé !

LOUISETTE

Mais je ne veux pas !

FOUGERAY

Quoi ? Qu'est-ce que tu ne veux pas? Qu'on fasse du mal à ton amoureux, qu'on l'écrase, qu'on le tue comme il le mérite. Ah ! c'est ce que nous verrons ! Si Jean Leroy le manque, je ne le raterai pas !..

Mme FOUGERAY

Est-ce que cela rendra l'honneur à notre fille ?...

FOUGERAY

Mais c'est avec des raisonnements pareils, c'est en accordant toujours l'impunité aux coquins comme ce Lachesnaye que chaque jour nous voyons des jeunes filles comme Louisette, séduites, abandonnées... et devenir quoi ? ne me force pas à le dire devant elle. Eh bien, moi je ne veux pas accepter l'offense... je ne suis pas de ceux qui, ayant reçu un soufflet, tendent la joue pour en récolter un autre. Non, je rends, moi ! Et je le répète, si Jean Leroy ne l'a pas, ton Lachesnaye, moi, je....

LOUISETTE

Pitié !

FOUGERAY

Non.

LOUISETTE

C'est le père de mon enfant !

FOUGERAY

Ton enfant ! Ah ! il s'en fiche bien .. il ne pense guère, ni à lui, ni à toi, en ce moment... Ton enfant, allons donc ! dis que tu l'as dans le sang, ce misérable, que tu l'aimes encore... mais oui, que tu l'aimes, puisque tu le défends, puisque tu ne veux pas qu'on te venge !... et puis, cela suffit... je ferai... ce que je voudrai... je suis le maître.

Mme FOUGERAY

Sois bon, mon homme, c'est encore la bonté qui guérit le mieux toutes les blessures...

SCÈNE VI

LES MÊMES, UN OUVRIER

UN OUVRIER, *par la fenêtre.*

Hé ! père Fougeray.

FOUGERAY

Qu'est-ce qu'il y a, mon garçon ?

UN OUVRIER

C'est le contre-maître... qui m'envoie vous demander pourquoi votre fils et vous avez manqué à l'appel.

FOUGERAY

Mais...

UN OUVRIER

Il dit que c'est ce matin que vous deviez reprendre votre ouvrage.

FOUGERAY

Oui, oui... on y va !

UN OUVRIER

Bien, père Fougeray.

PIERRE

On peut bien une fois être en retard de quelques minutes.

FOUGERAY

Allons... mon fils... partons ! oui, partons à la forge... c'est le travail qui nous fera oublier notre peine. Au revoir, femme.

(Regardant sa fille, il a un geste à la fois de douleur et de mépris.)

LOUISETTE

Père !

Mme FOUGERAY

Toi qui voulait tant l'embrasser avant de partir à ton travail.

FOUGERAY, *cédant à l'émotion et attirant sa fille dans ses bras.*

Ma fille !

(Il la serre contre sa poitrine.)

PIERRE

Ouf ! ça va mieux !

(Le père Fougeray se dégage.)

FOUGERAY

Viens... mon gas... Viens !

(Il sort avec Pierre.)

LOUISETTE

Maman ! maman ! si tu savais combien je suis malheureuse.

Mme FOUGERAY

Console-toi... ma chérie... puisque tu restes.

LOUISETTE

Mais, mon enfant?...

Mme FOUGERAY

N'aie pas peur !... Il est déjà de la maison.

RIDEAU

Enchaînez tout de suite.

QUATRIÈME TABLEAU

L'ŒUVRE DES FILLES-MÈRES

Chez la comtesse de Marsange. Un jardin. Meubles en osier. Petites tables. A droite, la maison.

SCÈNE PREMIÈRE

Au lever du rideau, la COMTESSE DE MARSANGE est assise à une table avec Mme DE SOLANGES, Mme DE BRÉTIGNY et le lieutenant JACQUES DE CERNAY. — On sert le thé.

LA COMTESSE

Je vous assure, Mesdames, que jamais je ne me serais attendue à une pareille faveur...

Mme DE BRÉTIGNY

Vous devez être bien heureuse...

Mme DE SOLANGES

Ce témoignage de la part du Pape est tout ce qu'il y a de plus flatteur pour vous !

LA COMTESSE

D'autant plus que Sa Sainteté ne prodigue pas ses bénédictions.

CERNAY

Pourtant pour ce que ça lui coûte !

LA COMTESSE

Mon cousin est intolérable... Bref, le Souverain Pontife, en daignant m'accorder cette preuve de si haute et si précieuse estime m'a prouvé combien il s'intéressait à notre œuvre des filles-mères, qui d'ailleurs est en pleine voie de prospérité. Grâce à vous, mesdames, qui ne négligez ni votre temps, ni votre argent, ni votre peine pour m'aider en cette tâche difficile entre toutes... Aussi, vous devez prendre une large part dans cette bénédiction...

Mme DE SOLANGES

Oh ! vous êtes trop bonne...

CERNAY

Ces dames préfèreraient peut-être une seconde tasse de thé...

LA COMTESSE

Jacques !

CERNAY, *servant Mme de Solanges.*

Deux morceaux de sucre...

Mme DE SOLANGES

Un seul !...

Mme DE BRÉTIGNY, *à la comtesse.*

J'espère bien, chère amie, que tout à l'heure, vous nous donnerez lecture du rapport que vous avez préparé pour notre prochaine assemblée générale.

LA COMTESSE

Mais, certainement, aussitôt que nous serons au complet, je vous communiquerai mon travail... Je dois vous dire que mon cousin m'a beaucoup aidée...

Mme DE SOLANGES

Ah! vraiment!

Mme DE BRÉTIGNY, rosse.

M. de Cernay doit être pour vous un très précieux collaborateur...

LA COMTESSE

Très précieux...

CERNAY

Ma cousine exagère...

LA COMTESSE

C'est vous qui avez tout écrit...

CERNAY

Mais c'est vous qui avez tout dicté!!

Mme DE SOLANGES

J'ai hâte d'entendre ce rapport!

Mme DE BRÉTIGNY

Qui attendez-vous encore?

LA COMTESSE

Madame Castel.

Mme DE SOLANGES

Oh! cette parvenue! cette ancienne cuisinière... dont le mari a gagné une grosse fortune dans le commerce des savons et huiles...

Mme DE BRÉTIGNY

Elle est d'un vulgaire!...

Mme DE SOLANGES

Et prétentieuse! Il n'y en a que pour elle. Tout ce qu'elle fait est admirable!

Mme DE BRÉTIGNY

Toujours elle a à la bouche ses quatre cent mille francs de rentes...

LA COMTESSE

C'est d'ailleurs uniquement à cause de son argent que nous la tolérons... Car, sans elle, nous aurions été bien ennuyées.. il y a deux ans. La caisse était à sec. Nous avions dépensé comme des folles... Somme toute, elle nous a sauvé de graves ennuis.

Mme DE SOLANGES

Croyez qu'elle ne fait la charité que par ostentation.

Mme DE BRÉTIGNY

Pour parader..

LA COMTESSE

Pour qu'on cite son nom dans les journaux...

CERNAY

Elle n'est pas la seule!

LA COMTESSE

Malheureusement!

Mme DE SOLANGES

Et qui attendez-vous encore!

LA COMTESSE

Madame Hamelin!

Mme DE BRÉTIGNY

Cette petite pimbêche qui dit du mal de tout le monde...

Mme DE SOLANGES

Çà, c'est vrai. Je ne connais pas une plus mauvaise langue dans toute la ville...

CERNAY

Et pourtant il y en a!

Mme DE BRÉTIGNY

Celle-là dépasse la mesure. . Elle salit tout le monde... Je sais pertinemment qu'elle a cherché à faire courir le bruit que j'avais un amant!

LA COMTESSE

Oh! quelle horreur!

Mme DE SOLANGES

On m'a prévenue qu'elle tenait également sur moi des propos malséants...

LA COMTESSE

Ça lui va bien. Elle qui passe son temps à flirter avec tous les officiers de la garnison...

Mme DE SOLANGES

A flirter? Vous êtes indulgente! Pour ma part, je suis sûre qu'elle a au moins trois ou quatre liaisons.

CERNAY

Rien que ça!..

Mme DE BRÉTIGNY

Je ne comprend pas M. Hamelin... Il n'est pas possible qu'il ait les yeux fermés à ce point.

Mme DE SOLANGES

On dit que c'est un mari complaisant et que le luxe dans lequel vit le ménage n'est dû précisément qu'à l'inconduite de cette péronnelle!

LA COMTESSE

Ça ne m'étonne pas!... Si j'avais su tout cela plus tôt, je ne l'aurais pas convoquée... Mais je la recevrai de telle façon qu'elle n'aura plus envie de revenir chez moi...

Mme DE BRÉTIGNY

Vous aurez raison..

Mme DE SOLANGES

C'est une femme que l'on doit fuir comme la peste!

Mme DE BRÉTIGNY

Je l'engage à se taire..

Mme DE SOLANGES

Si elle recommence à me salir, je suis décidée à provoquer un scandale.

LA COMTESSE

Il est malheureux que des honnêtes femmes comme vous et moi, nous soyons exposées à être traînées dans la boue par une pareille créature!

Mme DE SOLANGES

Moi surtout, qui ne m'occupe pas des autres et qui ne dit jamais de mal de personne...

CERNAY

En effet...

SCÈNE II

LES MÊMES, Mme CASTEL, Mme HAMELIN

UN DOMESTIQUE, annonçant:

Madame Castel... Madame Hamelin.

(Les deux femmes paraissent.)

LA COMTESSE

Oh! Mesdames, enfin, vous! Nous vous attendons avec une impatience!

Mme CASTEL

Trop aimable.

Mme HAMELIN

Comment va?

LA COMTESSE

Mais très bien!. . Dieu! que vous êtes jolie! Un peu de thé!.. préférez-vous une coupe de champagne... et vous, Madame Castel... approchez donc, je vous prie... Vous connaissez ces dames...

Mme CASTEL

Certainement.

Mme HAMELIN

Nous nous sommes déjà rencontrées sur le terrain de la charité.

Mme CASTEL

C'est si bon de donner!...

Mme HAMELIN

Bien que l'on ne rencontre souvent que de l'ingratitude...

Mme DE SOLANGES

Le fait est que les pauvres ne sont pas toujours raisonnables... Ainsi moi, j'ai pris l'habitude de faire distribuer tous les lundis, dans la cour d'honneur de mon château, une soupe populaire aux indigents... Eh bien, j'ai dû y renoncer.. Un jour. . je me suis aperçue qu'on m'avait volé trois roses... les plus belles de ma collection. Vraiment, ces gens-là ne sont guère intéressants.

Mme DE BRÉTIGNY

Heureusement que l'on trouve par ailleurs des compensations. Ainsi notre chère amie, la comtesse de Marsange, vient de recevoir la bénédiction du pape.

Mme CASTEL

La bénédiction seulement !

Mme DE BRÉTIGNY

Vous trouvez que ce n'est pas suffisant.

Mme CASTEL

Moi j'ai reçu hier la décoration de l'ordre de Grégoire-le-Grand ..

CERNAY

Tout un envoi !...

Mme CASTEL

Mon mari était même très mécontent, car il y a de très gros droits de chancellerie à acquitter à la nonciature.

Mme DE BRÉTIGNY

Alors il vous a donné un savon !

LA COMTESSE, *à Madame Castel.*

Encore un peu de thé.. chère Madame.

Mme CASTEL, *assez sèchement.*

Non, merci !

LA COMTESSE, *à Madame de Solanges.*

Et vous, chère amie ?...

Mme DE SOLANGES

Non, merci !

Mme DE BRÉTIGNY

Puisque nous voilà au complet, peut-être pourrions-nous commencer notre séance.

LA COMTESSE

Très volontiers .. Mon cousin, vous avez le rapport ..

CERNAY

Le voici, ma cousine ..

LA COMTESSE

Alors, la séance est ouverte... (*Mouvement des dames qui affectent de prendre des poses sérieuses et se composent chacune une attitude. Madame Castel très gourmée, Madame de Solanges pensive et alanguie, Madame Hamelin coquette et minaudière, Madame de Brétigny en éveil et ironique*). Étant chargée du rapport .. je suis obligée de me démettre de mes fonctions de présidente... Je vous prierai donc de bien vouloir désigner par acclamation l'une d'entre vous pour me remplacer dans la direction des débats.

Mme CASTEL

Je demande la parole pour un rappel au règlement.

LA COMTESSE

Madame Castel a la parole.

Mme CASTEL

L'article 17 de nos statuts dit d'une façon très péremptoire que l'élection de la présidente doit toujours avoir lieu au scrutin secret... Donc, je demande le scrutin secret ..

LA COMTESSE

Chère Madame, voulez-vous me permettre une toute petite réflexion..

Mme CASTEL

Faites, je vous prie !

LA COMTESSE

Il ne s'agit pas de nommer une présidente pour un an, mais seulement pour aujourd'hui.

Mme CASTEL

Le règlement est formel. Je puis vous relire l'article...

Mme DE BRÉTIGNY

Cependant, il est parfois d'usage, en certains cas, de déroger au règlement ..

Mme DE SOLANGES

Moi je trouve que Madame Castel a raison, il ne faut jamais se permettre ..

Mme DE BRÉTIGNY

Si, si .. nommer une présidente par acclamation c'est indispensable ..

Mme CASTEL

Je maintiens ma proposition.

Mme HAMELIN

Je demande la parole..

Mme DE BRÉTIGNY

Moi aussi...

Ensemble.

LA COMTESSE

Mesdames, je vous en prie . ne parlez pas toutes à la fois . Madame de Brétigny, vous avez la parole.

Mme HAMELIN

Je l'avais demandée avant elle !

LA COMTESSE, *nerveuse.*

Eh bien, vous l'aurez après ..

Mme HAMELIN

C'est un passe-droit une injustice !

CERNAY

Voyons, un peu de calme, Mesdames, nous ne sommes pas à la Chambre des députés.

LA COMTESSE, *à Madame de Brétigny.*

Parlez !

Mme DE BRÉTIGNY

Mesdames, je n'abuserai pas longtemps de votre attention Afin de couper court au regrettable incident que vient de soulever Madame Castel..

Mme CASTEL

J'ai absolument raison.

LA COMTESSE

Silence !

Mme DE BRÉTIGNY

Je demande à ce que pour aujourd'hui, nous appellions à notre présidence la personne la plus âgée d'entre nous... Cela évitera toute contestation... Il est hors de doute que c'est Madame Castel qui doit être à l'honneur ..

Mme CASTEL, *se levant furieuse.*

Madame, je vous défends de vous moquer de moi !

Mme DE BRÉTIGNY

Mais Madame, je parle très sérieusement et. .

Mme CASTEL

Vos insolences ne m'atteignent pas

Mme DE BRÉTIGNY

Je sais que vous avez l'épiderme assez épais pour

LA COMTESSE

Mesdames... voyons !... ne vous emportez pas ainsi. Pour en finir, nous allons donc, conformément aux statuts, procéder à un scrutin secret pour la nomination d'une présidente provisoire.

Mme CASTEL

Enfin !

LA COMTESSE, *à Cernay.*

Voulez-vous distribuer à ces dames ces petits carrés de papier et ces crayons afin qu'elles mettent un nom...

DE CERNAY

Voilà !

(*Il distribue des papiers aux dames*).

Mme HAMELIN, *bas à Jacques.*

Alors ce soir à cinq heures.

CERNAY

Oui... tu peux compter sur moi.

Mme DE BRÉTIGNY, à Mme de Solanges.

Cette marchande de savon me donne des nausées.

Mme DE SOLANGES

Elle doit sentir l'huile rance.

LA COMTESSE

Mesdames, veuillez remettre ces papiers dans ce plateau, (chacune remet son papier plié en quatre dans un plateau que Jacques leur présente.) Bien... je vous remercie ! Nous allons maintenant dépouiller le vote. Je vous ferai remarquer, mesdames, que je me suis abstenue... (elle déplie les papiers). Madame Castel.

CERNAY, qui pointe.

Madame Castel.

LA COMTESSE

Madame de Brétigny.

CERNAY

Madame de Brétigny.

LA COMTESSE

Madame Hamelin.

CERNAY

Madame Hamelin.

LA COMTESSE

Madame de Solanges.

CERNAY

Madame de Solanges. Voici le résultat : Madame Castel, une voix ; Madame de Brétigny, une voix ; Madame Hamelin, une voix ; Madame de Solanges, une voix. Il y a ballottage ! ... (à part). Chacun a voté pour soi.

LA COMTESSE

Nous allons être obligées de recommencer !

CERNAY

Alors, nous serons encore là demain matin. Je préfère que l'on passe outre...

Mme CASTEL

Non ! non, le règlement...

LA COMTESSE

Eh bien, recommençons.

(Jacques reprend le jeu des petits papiers.)

Mme DE BRÉTIGNY, à Madame de Solanges.

Inutile de vous dire, chère amie, que je vote pour vous !

Mme DE SOLANGES

Et moi de même !

Mme HAMELIN, à Madame Castel.

Vous êtes ma candidate.

Mme CASTEL

Et vous la mienne !

CERNAY

Vous avez fini, mesdames.

(Il reprend les papiers et les reporte à la comtesse qui cette fois a voté.)

LA COMTESSE

Voici mon bulletin. Espérons que cette fois nous aurons un résultat... (Dépouillant les papiers.) Madame Hamelin..., Madame de Brétigny..... Madame de Brétigny... Madame Castel... Madame de Brétigny...

JACQUES

Madame de Brétigny, trois voix... Madame Castel, une voix... Madame Hamelin, une voix ..

LA COMTESSE

Madame de Brétigny est donc nommée présidente..... Veuillez, chère amie, vous installer à ma place...

Mme CASTEL, bas à Madame Hamelin.

Vous m'avez triché.

Mme HAMELIN

Je vous jure que vous avez eu mon suffrage.

Mme CASTEL

C'est impossible !

Mme HAMELIN

Pourquoi ?

Mme CASTEL

J'avais déjà voté pour moi ! Mais vous me le paierez, ma petite !

Mme DE BRÉTIGNY

Mesdames, un peu de silence. Je vais donner la parole à la comtesse de Marsange pour la lecture du rapport qu'elle doit communiquer à la prochaine assemblée générale de l'œuvre des Filles-Mères. Il n'y a pas de sonnette ?

LA COMTESSE

Non, mais mon cousin va vous en chercher une.

CERNAY

Très volontiers !

(Il rentre dans la maison).

Mme DE BRÉTIGNY

Nous vous écoutons.

LA COMTESSE, lisant son rapport.

« Mesdames

« Tout d'abord, laissez-moi vous remercier de la confiance que vous avez eue envers moi en m'appelant à l'honneur de présider notre belle œuvre... j'espère m'en être montrée digne, et, en tous cas, j'ai fait tous mes efforts pour ne point démentir votre estime. En effet, je n'ai rien négligé, ni mon temps, ni ma bourse pour réaliser de nombreuses innovations telles que l'achat de farines lactées destinées aux enfants que leurs mères ne pouvaient nourrir elles-mêmes... Les farines lactées ont donné d'excellents résultats... Au début, sur dix nouveaux-nés, nous en perdions huit... Aujourd'hui, le chiffre de la mortalité n'est plus que de sept. Ce qui prouve à quel point ces pauvres petits êtres intéressants, et qui ne sauraient en rien être rendus responsables de la faute de leurs mères sont dans notre dispensaire l'objet des soins les plus éclairés et les plus vigilants...

Mme DE BRÉTIGNY

Très bien ! très bien !

Mme CASTEL

Ai-je le droit d'apporter ici une observation ?

LA COMTESSE

Mais certainement.

Mme CASTEL

Je trouve précisément que le budget consacré aux nourrissons est exagéré... Notre œuvre s'appelle l'œuvre des Filles-Mères... et non l'œuvre des enfants naturels...

Mme DE SOLANGES

Permettez...

Mme DE BRÉTIGNY

N'interrompez pas !

Mme CASTEL

Je sais ce que je dis... Je maintiens et je répète que ce ne sont point des enfants... dont nous avons à nous occuper, mais des mères... Les enfants ne sont pas intéressants... Ils sont nés en dehors des lois du mariage... Ils sont marqués dès leur naissance d'une tare ineffaçable... et j'estime qu'il vaut encore mieux en faire des anges pour le ciel, que de les laisser devenir des démons sur la terre !...

Mme DE SOLANGES

Je trouve au contraire...

Mme DE BRÉTIGNY

Taisez-vous donc, Mme de Solanges.

Mme CASTEL

Je demande que l'on supprime désormais l'emploi des farines lactées... et que l'on affecte les crédits qui leur étaient destinés à acheter des ornements neufs au vénérable prêtre qui vient chaque semaine dire la messe à nos protégées... En effet, c'est en dirigeant les âmes de ces malheureuses vers la religion que nous arriverons mieux que par tout autre moyen à les ramener dans le droit chemin, en leur inspirant ainsi le repentir et l'horreur de leurs crimes ! Si les crédits n'étaient pas suffisants, je m'inscris pour deux mille francs... afin de compléter la somme.

Mme DE SOLANGES

Je demande la parole.

Mme DE BRÉTIGNY

Vous l'avez !

Mme DE SOLANGES

Je demande que l'achat des farines soit continué. La théorie des anges pour le ciel est très poétique et... très chrétienne, mais il n'en est pas moins vrai que ces enfants, après tout, sont dignes d'intérêt...

Mme CASTEL

Je maintiens ma proposition.

Mme HAMELIN

Je me rallie à celle de Madame de Solanges.

LA COMTESSE

Alors aux voix !

Mme CASTEL

Auparavant je voudrais ..

Mme DE SOLANGES

Pardon, je n ai pas fini. Je demande la parole.

Mme CASTEL

Je prétends qu'il est dangereux pour la société de réchauffer dans son sein de véritables petits serpents...

Mme DE BRÉTIGNY

Ces serpents peuvent faire d'honnêtes citoyens.

Mme CASTEL

C'est ridicule

Mme DE SOLANGES

C'est sûr !

Mme HAMELIN

Je demande la parole.

LA COMTESSE

Personne ici n'a le droit de suspecter mes intentions, et je réprouve absolument... (dispute.)

(Ensemble.)

Mme DE BRÉTIGNY

On ne s'entend plus. La sonnette — où est la sonnette ?

CERNAY (revenant avec une cloche).

La voici. (Il agite, on se tait). Si ça continue, j'irai à Paris chercher la Savoyarde du Sacré-Cœur ou le bourdon de Notre-Dame.

(Le calme renait).

LA COMTESSE

Je regrette... cet orage... et pour ne pas le renouveler, je demande que pour discuter mon rapport on attende au moins que j'en aie terminé la lecture...

Mme DE BRÉTIGNY

Parfaitement.

Mme CASTEL

Mais...

CERNAY, agitant la cloche

Silence !

LA COMTESSE

« En ce moment, la situation de notre œuvre est des plus prospère...

Mme CASTEL

Grâce à qui ?

LA COMTESSE

« Grâce à la prévoyance, au zèle et à la générosité de son conseil d'administration. L'asile qui, il y a deux ans, ne comptait que vingt lits, en compte aujourd'hui trente-deux...

Mme DE SOLANGES

C'est magnifique !...

LA COMTESSE

« L'an prochain, nous arriverons certainement à 40.

Mme HAMELIN

Bravo !...

LA COMTESSE

« Nous avions commencé à nous occuper tout dernièrement du placement des filles-mères, à la sortie de l'asile. Nous devons dire que de ce côté, les résultats ont été moins heureux.

Mme CASTEL

Ah ! Ah !

LA COMTESSE

« Si nous avons réussi à faire entrer quelques-unes de nos protégées dans de bonnes places... la plupart d'entre elles sont retournées à la prostitution...

Mme CASTEL

C'est abominable ! Pourtant, à leur sortie de l'asile, on leur remet une certaine somme...

LA COMTESSE

Oui, vingt francs.

Mme CASTEL

Avec ça elles ont le temps de chercher et de trouver du travail ...

LA COMTESSE

Nous étudions le moyen de remédier à cet état de choses...

Mme CASTEL

Je l'ai déjà dit, seule, la religion....

Mme DE BRÉTIGNY

Madame Castel, je vous en prie, il n'y en a que pour vous.

Mme CASTEL

Alors, je n'ai pas le droit d'émettre un avis.

Mme DE BRÉTIGNY

Vous n'avez pas la parole !

Mme CASTEL

Je la prends.

Mme DE BRÉTIGNY

Je vous la retire.

Mme CASTEL

Je la garde !

Mme DE BRÉTIGNY

C'est trop fort !

Mme CASTEL

Comment !... Après tout ce que j'ai fait, je n'aurais même pas le droit de dire ce que je pense !...

LA COMTESSE

Mais, madame, après tout... vous n'avez rien fait de plus que les autres...

Mme CASTEL

Je vous demande pardon. En trois ans j'ai donné plus de vingt mille francs à l'œuvre des filles-mères. Quelle est celle de vous qui en a fait autant ?...

LA COMTESSE

Si l'argent que votre mari a gagné dans les huiles et les savons vous permet d'être charitable, il ne vous donne pas le droit d'être insolente.

Mme CASTEL

L'insolente, c'est vous, Madame !

Mme DE BRÉTIGNY

Madame Castel, vous allez trop loin. Je vous prie de vous excuser.

Mme CASTEL

Je ne m'excuserai pas. Je veux des comptes !

LA COMTESSE

Quels comptes ?

Mme CASTEL

Au sujet de votre gestion... Je veux savoir ce que l'on a fait de mon argent...

Mme DE BRÉTIGNY

Mais on est justement en train de vous le dire...

Mme CASTEL

Des paroles — cela ne me suffit pas... Je veux des factures, des reçus... je veux voir les livres !...

LA COMTESSE

Nous ne sommes pas ici dans la boutique de votre mari...

Mme CASTEL

Vous n'avez pas besoin de mêler M. Castel à ces histoires...

LA COMTESSE

C'est vous, madame... qui avez l'air de nous soupçonner...

Mme DE SOLANGES

Parfaitement...

Mme HAMELIN

C'est odieux !...

Mme CASTEL, à Madame Hamelin.

Vous, je vous engage à vous taire...

Mme HAMELIN

J'ai autant que vous le droit de parler !

Mme CASTEL

Oh ! vous — vous n'êtes qu'une péronnelle.

Mme HAMELIN

Et vous, une femme mal élevée.

Mme CASTEL

Une petite grue !

Mme HAMELIN

Répétez-le.

Mme CASTEL

Oui, une grue !

Mme HAMELIN

Vous allez voir.

(Elles se menacent.)

CERNAY

Mesdames !... voyons !...

LA COMTESSE, à Madame Hamelin.

Calmez-vous, vous ne pouvez pas demander de l'éducation à une ancienne cuisinière.

Mme CASTEL, très triviale.

Une ancienne cuisinière. Eh bien, oui, c'est vrai, autrefois j'ai fait le fricot... j'ai tourné la broche, épluché des oignons... et fait sauter des pommes de terre. Mais vous avez été bien contentes de la trouver, l'ancienne cuisinière pour remplir les caisses de votre œuvre que vous aviez vidées.

LA COMTESSE

Mais c'est abominable...

Mme CASTEL, s'exaspérant.

Oui, que vous aviez vidées. (A Madame de Marsange). Vous, parce que vous avez perdu trente mille francs aux courses et que vous n'osiez pas les demander à votre mari.

LA COMTESSE

Taisez-vous !

Mme CASTEL. à Madame de Brétigny.

Vous, parce que vouliez sauver un ancien compagnon de noce qui, criblé de dettes, voulait se suicider...

Mme DE BRÉTIGNY

Quelle infamie !

Mme CASTEL, à Madame de Solanges.

Vous... parce que, ruinée aux trois quarts, vous n'aviez même plus le sou pour acheter du pétrole pour votre auto...

Mme DE SOLANGES

Vous mentez !

Mme CASTEL

Je dis la vérité (à Madame Hamelin). Et vous enfin, parce qu'il vous fallait de belles robes et de beaux chapeaux que votre mari et vos amants refusaient de vous payer. Oui, vous avez mangé la grenouille... c'est moi qui vous ai sauvés... vous m'en remerciez en me traitant de cuisinière. J'accepte l'injure... et maintenant que la cuisinière vous a servi à dîner, bonsoir !...

LA COMTESSE

Oui, c'est cela, allez-vous-en, et je vous défends de remettre les pieds chez moi !...

Mme CASTEL

Vous, la comtesse, je vous engage à rester tranquille.

LA COMTESSE

Sortez, madame !

Mme CASTEL

Oui, je vous laisse avec toutes vos grues... avec votre gigolo en uniforme que vous faites nourrir, loger et héberger par votre mari... Oui, je m'en vais.. mais vous aurez de mes nouvelles, mes petites dames. La cuisinière s'y connaît en carottes .. Et si j'ai déjà épluché des oignons, je sais aussi éplucher des comptes...

CERNAY, la poussant.

Madame, retirez-vous, en voilà assez, en voilà trop !

Mme CASTEL

Vous, mêlez-vous de ce qui vous regarde ! Et surtout n'allez pas manquer le rendez-vous que vous avez pris ce soir avec madame Hamelin... à cinq heures.

LA COMTESSE

Vous dites ?

CERNAY

Rien ! Rien !... Elle s'en va ! elle s'en va !

Mme CASTEL

Oui, je m'en vais, mais nous nous reverrons !

SCÈNE III

JACQUES DE CERNAY, LA COMTESSE, Mme DE SOLANGES, Mme DE BRÉTIGNY, Mme HAMELIN

Mme DE BRÉTIGNY

L'horrible femme !

Mme DE SOLANGES

Quelle mégère !

Mme HAMELIN, à la Comtesse.

Je suppose, chère amie, que vous n'ajoutez aucune foi à ces propos incohérents.

LA COMTESSE, sèchement.

Laissez-moi, n'est-ce pas.

Mme DE BRÉTIGNY

Ma chère amie... nous sommes au-dessus de ces calomnies...

LA COMTESSE

Nous voilà dans une belle situation.

Mme DE SOLANGES

Le fait est que si nous sommes obligées de rendre des comptes !

LA COMTESSE

C'est votre faute.

Mme DE SOLANGES

Ma faute !

LA COMTESSE

C'est vous qui l'avez exaspérée... Quand on a besoin des gens... on les ménage !

Mme HAMELIN

Après tout, si cela vous plaît d'être traitée de grue...

LA COMTESSE

Je ne suis pas plus grue que vous, ma petite.

Mme HAMELIN

Mettons que nous le soyons autant l'une que l'autre... ma grande.

LA COMTESSE

Vous oubliez que je suis chez moi !...

Mme HAMELIN

Je m'en vais. (A Cernay). Au revoir... Ah ! Je vous plains, mon cher !

Mme DE SOLANGES

Moi, je vous remets ma démission de trésorière.

Mme DE BRÉTIGNY

Et moi d'archiviste.

LA COMTESSE

Vous me laissez seule !...

Mme DE SOLANGES

C'est vous qui nous avez mises dans le pétrin.

LA COMTESSE

Moi !

Mme DE BRÉTIGNY

J'en ai assez de l'œuvre des filles-mères...

UN DOMESTIQUE, paraissant.

Un télégramme pour Madame la comtesse.

LA COMTESSE

Donnez !... (elle l'ouvre et pousse un cri.) Jacques... tiens, lis... c'est affreux !

Mme DE SOLANGES ET Mme DE BRÉTIGNY

Qu'y a-t-il ?...

CERNAY.

M. Henri de Lachesnaye...

Mme DE SOLANGES

Le frère de la comtesse...

CERNAY

Vient d'être assassiné par le nommé Jean Leroy !...

Mme DE SOLANGES

Oh ! chère amie...

Mme DE BRÉTIGNY

Croyez que nous prenons une part bien vive !

LA COMTESSE, se levant

Non, non, laissez-moi, laissez-moi... Mon frère tué par cet homme... C'est épouvantable ! allez... allez-vous en... Non... non, je ne veux plus faire la charité... Les filles-mères, qu'elles crèvent donc toutes de faim, de misère et de honte... elles et leurs enfants... toutes... oui toutes... Quelle sale chose que le peuple !... Comme je le hais ! Comme je le hais ! !

RIDEAU

ACTE IV

CINQUIÈME TABLEAU

PAUVRES GENS !

L'intérieur d'une de ces pauvres petites maisons telles qu'on en voit autour de Paris, aux environs des fortifs.

A droite, une fenêtre à travers laquelle on aperçoit la vision sinistre, glacée des fortifs. A fond une porte conduisant au dehors. A gauche, une autre porte, toute petite, toute basse conduisant à une soupente.

SCÈNE PREMIÈRE

LE PÈRE FOUGERAY, LE PETIT PIERRE

Au lever du rideau, le père Fougeray, aux trois quarts paralysé, est assis dans un mauvais fauteuil, tout déchiré, tout disloqué. Il étend ses vieilles mains tremblantes au-dessus d'un poêle où quelques morceaux de coke achèvent de se consumer. D'un bout à l'autre de la pièce, à cheval sur un manche à balai, un chapeau de général en papier sur la tête, un sabre d'enfant à la main, un gosse, le petit Albert, exécute une véritable chevauchée.

LE PETIT ALBERT

Hue, dada... hue... en avant... chargez... chargez... (puis il s'arrête vers le père Fougeray). Tu as vu, grand-papa... comme mon cheval... il courait vite ?

LE PÈRE FOUGERAY, s'efforçant de sourire.

Oui... j'ai vu...

ALBERT

Dis, grand papa ?

FOUGERAY, la parole hésitante, la voix brisée.

Qu'est-ce qu'il y a, mon chéri ?

ALBERT

C'est bientôt le petit Jésus ?

FOUGERAY

Le petit Jésus ?

ALBERT

Oui, Noël.

FOUGERAY

C'est après demain.

ALBERT

Après demain ! Oh ! quel bonheur ! Il m'apportera encore quelque chose...?

FOUGERAY

Oui, mon cher petit.

ALBERT

L'année dernière, où nous étions rue de Clignancourt, à Paris, il y avait une belle cheminée. C'était bien commode. Ici, pour mettre mes souliers, il n'y a plus qu'un poêle.

FOUGERAY

Ça ne fait rien.

ALBERT

Tu crois que le petit Jésus descendra tout de même ?

FOUGERAY

Mais oui...

ALBERT

C'est qu'il n'est pas large, le tuyau.

FOUGERAY

Eh bien, le petit Jésus se fera petit, tout petit.

ALBERT

Et il apportera une trompette à Bébert qui a été bien sage ?

FOUGERAY

Il apportera une trompette à Bébert.

ALBERT

Qui fera ta ra ta ta, ta ra ta ta ?

FOUGERAY, avec des sanglots.

Oui, ta ra ta ta. (à part.) Mon Dieu ! quelle misère !

ALBERT, le fixant avec des yeux étonnés.

Dis, grand papa, pourquoi ne cours-tu pas avec moi ?

FOUGERAY

Mais, mon pauvre petit, parce que mes jambes ne peuvent plus me porter.

ALBERT

Ah ! et pourquoi aussi que tu trembles ?

FOUGERAY

Parce que... je suis vieux... très vieux...

ALBERT

Plus vieux que grand'maman ?

FOUGERAY

Oui, mon mignon.

ALBERT

Et pourquoi grand'maman essuie-t-elle tout le temps ses yeux avec son tablier ?

FOUGERAY

Mais je ne sais pas.

ALBERT

Et maman... pourquoi pleure-t-elle souvent, très souvent ?

FOUGERAY

Mais parce que tu n'es peut-être pas toujours très sage.

ALBERT

Oh ! si pourtant... Demande à mon oncle Pierre. Il dit que Bébert est un beau petit momignard.

FOUGERAY

Cher petit, viens m'embrasser... (Il l'attire vers lui et le serre tendrement contre sa poitrine.) Reste là... un peu... Va, tu es ma dernière joie... mon dernier rayon de soleil.

SCÈNE II

LES MÊMES, MAMAN FOUGERAY, LOUISETTE

La porte du fond s'ouvre. Madame Fougeray paraît appuyée au bras de sa fille. Elle aussi a beaucoup vieilli. Comme Louisette dont le visage porte la trace de bien des douleurs, elle est vêtue misérablement. Aussitôt que le petit Albert les aperçoit, il court vers elles.

ALBERT

Oh ! les voilà ! les voilà ! (il court se jeter dans les bras des deux femmes qui l'accueillent tendrement). Bonjour, petite mère.

LOUISETTE

Bonjour, mon chéri.

ALBERT

Bonjour grand'maman.

Mme FOUGERAY

Tu n'as pas fait le diable ?

ALBERT

Oh ! non.

LOUISETTE

Bien vrai !

FOUGERAY

Il a été gentil tout plein... Et toi, ma pauvre femme, tu sembles bien lasse.

Mme FOUGERAY, se laissant tomber sur une chaise

Je n'en puis plus.

LOUISETTE, allant à elle

Maman !

FOUGERAY

Et... avez-vous trouvé quelque chose ?

Mme FOUGERAY

Non, rien... Moi, on me trouve trop vieille.

LOUISETTE

Et moi, on me répond partout qu'il n'y a pas d'ouvrage... que c'est la crise... Ce matin, j'ai été voir dans plus de vingt blanchisseries, et partout, les patronnes m'ont toutes répondu qu'elles avaient plus de monde qu'il ne leur en fallait. Probablement que j'ai une tête qui ne leur revient pas. J'ai si mauvaise mine ! Elles doivent toutes se dire que je ne suis pas capable d'abattre grand ouvrage... Et pourtant... ce n'est pas le courage qui me manque.

FOUGERAY

Et moi donc ! Ah ! malheur ! Si j'avais encore mes jambes... si je n'étais pas cloué là, par la maladie.... ! Mais je ne suis plus bon à rien. Je ne suis plus qu'une bouche inutile. Je ferais bien mieux de crever.

LOUISETTE

Père... ne dis pas cela, je t'en prie...

Mme FOUGERAY

Notre Pierre aura peut-être eu plus de chance que nous.

FOUGERAY

J'en doute. Quand le malheur s'abat sur les pauvres gens, c'est pas à moitié. Et quand je pense que voilà des années que ça dure ! Depuis que nous avons été obligés de quitter notre pays, pour venir dans ce Paris qui est si dur aux vieux qui ne sont plus bons à rien... et aux femmes qui veulent rester honnêtes Si nous n'avions pas eu notre Pierre qui a lutté tant qu'il a pu, et toi, Louisette, qui as fait de ton mieux, nous serions déjà morts de faim... de froid... de misère. Mais, cette fois, je crois que ça y est. Voilà trois mois que Pierre n'a plus d'ouvrage... Toutes ces grèves... pas moyen de trouver d'embauche... Allez, nous sommes fichus.

Mme FOUGERAY

Tais-toi... pas devant le petit !...

FOUGERAY, désignant l'enfant qui joue de l'autre côté de la pièce.

Il ne nous entend pas. Pauvre gosse ! Il n'est pas solide, il tousse. Si nous pouvions au moins le caser ! Après, ça nous serait plus facile de tirer la révérence... de nous en aller... pour toujours.

Mme FOUGERAY

Mon homme !

FOUGERAY

Je me demande un peu ce que nous faisons sur la terre.

LOUISETTE, éclatant.

Et dire que tout cela c'est ma faute ! C'est moi qui vous ai forcés à quitter cette ville où nous étions heureux ; c'est moi qui, presque toujours malade, brisée de chagrin et de honte, suis bientôt tombée à votre charge avec un enfant. Oui, c'est moi qui suis la cause de toutes vos peines !... C'est moi qui ai détruit votre tranquillité, plongé dans la douleur votre vieillesse. C'est moi qui vous ai amené dans ce taudis où nous grelottons de froid, où nous mourons de faim !... Ah ! je suis une misérable !

FOUGERAY

Ne dis pas cela... puisque nous t'avons pardonné ?...

LOUISETTE

Ce pardon, je n'aurais pas dû l'accepter !.. Oui, j'aurais dû ne rentrer jamais à la maison, ne jamais reparaître devant vous ! Vous seriez restés avec Pierre. Tout, là-bas, se serait promptement oublié, et vous n'auriez pas été obligés de vous enfuir avec moi comme des malfaiteurs.

Mme FOUGERAY

Ne parle pas ainsi...

LOUISETTE

J'ai le droit de m'accuser... puisque c'est moi qui ai fait tout le mal... N'est-ce pas encore ma faute si Jean Leroy, après avoir frappé Henri Lachesnaye, a comparu en Cour d'assises et a été condamné à cinq ans de prison ?...

FOUGERAY

s'animant peu à peu et semblant retrouver peu à peu son énergie et sa force passées.

Pour avoir manqué une canaille qui, lui, beaucoup plus que toi, ma pauvre Louisette, est la cause de notre détresse. Et tandis que Jean Leroy expiait sous les verrous son geste malheureusement incomplet de justicier, l'autre, le séducteur, se guérissait promptement des deux coups de revolver qui n'avaient fait que l'effleurer, et tout tranquillement épousait à grand fracas son Américaine. Aujourd'hui il étale insolemment son luxe, sa prospérité, sa joie ; tandis que nous autres nous en sommes réduits à nous demander quel est le bon moyen d'en finir, tant nous sommes las de souffrir, de désespérer et d'attendre.

Mme FOUGERAY

Calme-toi, tu vas te rendre plus malade encore.

FOUGERAY

Laisse, femme. Cela me fait du bien de crier ma douleur et ma haine. Car lorsque je songe à ce larron d'honneur, lorsque je revois cette Madame de Marsange osant venir chez nous nous offrir l'aumône quand nous ne la demandions pas, et se dérobant lâchement quand il s'est agi d'accomplir un acte de réparation et de justice, oh ! alors il me semble que mes forces reviennent tout à coup, que je vais me lever, marcher... que je me rends là-bas, près d'eux, près de ces mauvais riches... que je les empoigne au collet, que je les secoue, que je les écrase les uns contre les autres, comme ça... (Peu à peu tout en parlant, le père Fougeray s'est levé, puis, avec un geste terrible, il répète) Oui, comme ça, comme ça !... (Retombant.) Mais ce n'est qu'un éclair qui passe une seconde, et puis... plus rien !... Ah ! ma pauvre femme ! ton vieux est foutu !

(Il est sur son fauteuil, accablé. La mère Fougeray lui soutient la tête. Louisette est tombée à ses genoux.)

LOUISETTE

Père ! père ! Mon Dieu ! Oh ! c'est épouvantable !

LE PETIT ALBERT

qui écoute depuis un instant, mais sans rien comprendre.

C'est donc toi, maman, qui as été méchante ?

SCÈNE III

LES MÊMES, PIERRE

PIERRE, entrant.

Ah ! bonjour, vous... la coterie ! Qu'est-ce qu'il y a donc encore de cassé ?

Mme FOUGERAY

C'est ton père qui a voulu se lever de son fauteuil...

PIERRE

Pour aller courir le guilledou...

FOUGERAY

Toi tu as toujours le mot pour rire !

PIERRE

C'est dans ma nature à moi d'être rigolo !

FOUGERAY

Le malheur n'a donc pas de prise sur toi ?

PIERRE

Faut croire !... En attendant, je vous apporte une bonne nouvelle.

ALBERT

Vrai, tonton ?

PIERRE, *prenant le petit.*

Oui, mon neveu.

ALBERT

Tu m'as acheté un beau polichinelle ?

PIERRE

Non, mais ça viendra bientôt.... Car, Mesdames et Messieurs, j'ai l'honneur de vous informer que j'ai donné ma démission d'éplucheur de haricots aux Halles... honorables fonctions qui m'eussent peut-être valu un jour d'être décoré du mérite agricole, mais qui n'étaient pas suffisamment rétribuées pour me permettre d'offrir à ma petite famille la soupe et le bœuf en semaine, et le poulet rôti le dimanche, avec un bon petit picolo comme on en buvait dans le temps, pas, l'ancien ?... et comme on en boira encore quelques bouteilles.

LOUISETTE

Alors, tu as trouvé une place ?

PIERRE

Parfaitement. Une place épatante... dix francs par jour.

LOUISETTE

Mécanicien ?

PIERRE

Non, la mécanique ne donne pas, mais pas du tout.... Je me lance dans le commerce. Je me fais camelot.

Mme FOUGERAY

Camelot ?

PIERRE

Parfaitement. Je m'établis marchand de joujoux.

ALBERT

Marchand de joujoux ?

PIERRE

Marchand de joujoux... mécaniques... Concierges automatiques qui balaient le devant de leur porte sans dire de sottises aux passants et en ayant le sourire pour leurs locataires ; ballons dirigeables se balladant dans les airs à cheval sur une ficelle ; petits cochons roses assis sur leurs derrières et faisant un pied de nez à un charcutier qui brandit un coutelas menaçant ; singes grimpant tout seuls à un mât de cocagne ; et enfin tout un lot de petits Béberts qui reçoivent le fouet de leurs mamans parce qu'ils se mettent le doigt dans le nez et qu'ils ont déchiré le fond de leurs culottes.

ALBERT

Oh ! dis, tonton, tu m'en apporteras des concierges ?

PIERRE

Des tas....

ALBERT

Et des cochons roses ?

PIERRE

Tout un boisseau.

ALBERT

Et des petits Béberts ?

PIERRE

Plein un panier.

ALBERT

Pleurez plus, vous autres... puisqu'il va y avoir des joujoux plein à la maison.

PIERRE

Embrasse-moi, l'enfant, pour cette bonne parole-là.

Mme FOUGERAY

Mais pour acheter tous ces objets, il va te falloir de l'argent.

PIERRE

J'en ai trouvé.... Un copain qui m'en a prêté.

Mme FOUGERAY

Qui ?

PIERRE, *montrant Louisette qui s'est emparée de son petit.*

Je ne peux pas te dire ça devant elle.

Mme FOUGERAY, *bas.*

Jean Leroy... peut-être... ?

PIERRE

Tu y es. Je l'ai retrouvé ce matin. Nous avons causé. Il s'est refait une situation. Il voudrait bien vous voir.

FOUGERAY

Qu'est-ce que vous avez donc à parler tout bas ?

PIERRE

On parle tout bas ?... Tiens, je ne m'en étais pas aperçu..... Mais ce n'est pas tout. Un bonheur ne vous arrive jamais tout seul à la fois (*s'arrêtant*). Dis donc, Louisette, éloigne donc un peu ton momignard.

LOUISETTE

Bébert, veux-tu me faire un grand plaisir !

ALBERT

Oui, maman.

LOUISETTE

Eh bien, va dans la pièce à côté, apprendre la belle fable que tu dois réciter à tes grands'parents pour le jour de l'an.

ALBERT

Mais je la sais !

LOUISETTE

Pas assez bien.

ALBERT, *renfrogné.*

Oh ! là là !

PIERRE

Va, et dès demain, je t'apporterai une balle, un singe, ou un cochon... aux choix.

ALBERT

Non... je veux un concierge.

PIERRE

Tu l'auras.

ALBERT

Ah ! alors, je vais...

(*Il sort à droite.*)

PIERRE

Un concierge ! Je suis bien sûr qu'il demandera autre chose quand il aura vingt ans.

SCÈNE V

LOUISETTE, PIERRE, MAMAN FOUGERAY,
LE PÈRE FOUGERAY

PIERRE

Maintenant, voilà ce dont il s'agit. Mon copain m'a donné l'adresse d'un dispensaire où l'on reçoit les gosses qui ont besoin d'être retapés, comme notre loupiot. J'y suis allé... Je me suis trouvé en face d'une bonne sœur... Je n'aime pas beaucoup les cornettes .. Mais sous celle-là il y avait un visage si doux, deux grands yeux si pleins de bonté, et un sourire... oui, papa, la bonne sœur elle l'avait, le sourire... si bien que j'y suis allé de mon boniment... Faut croire que je lui ai plu à la sœur, car elle m'a écouté très gentiment, et quand j'ai eu fini mon laïus, elle m'a répondu : « Amenez-nous votre petit neveu. Nous le garderons et nous vous le rendrons quand il sera guéri. » Alors moi, comme un idiot, je me suis écrié : « Oh ! ma sœur, si j'osais, je vous embrassserais bien pour votre peine. » J'ai cru qu'elle allait se fâcher... Mais pas du tout. Elle m'a dit de sa voix douce comme celle d'un petit oiseau : « Vous direz un *pater* et un *ave* pour moi, mon ami, et nous serons quittes... Seulement, allez me chercher tout de suite votre neveu, car demain nous n'aurions plus de place. » Alors, pensez si j'ai galopé jusqu'ici pour vous prévenir. Au moins, Bébert va être au chaud et ne manquera plus de rien. Brave petite bonne sœur! Seulement, je crois que je lui devrai longtemps son *pater* et son *ave*... Car j'ai eu beau chercher à me les rappeler pendant la route... Mais va te faire fiche, je les ai complètement oubliés.

LOUISETTE

Alors, tu dis qu'il faut conduire tout de suite le petit au dispensaire?

PIERRE

C'est pour cela que je suis venu en toute hâte le chercher.

LOUISETTE

Mais il ne va jamais vouloir nous quitter.

Mme FOUGERAY

Il nous est si attaché!

FOUGERAY

Pauvre petit bonhomme!

LOUISETTE

Pourtant, il le faut, c'est sa santé, sa vie peut-être qui est en jeu. Et si douloureuse pour lui et pour nous que soit cette séparation, elle est nécessaire.

FOUGERAY

Il va pousser des cris épouvantables.

Mme FOUGERAY

J'aime mieux ne pas être là.

PIERRE

Ne vous faites pas de bile. Je me charge de tout.

VOIX DU PETIT ALBERT

J'ai fini d'apprendre ma fable.

PIERRE, *allant lui ouvrir.*

Eh bien, mon petit, viens.

SCÈNE VI

LES MÊMES, ALBERT

PIERRE

Puisque tu as été gentil, je vais t'emmener faire une belle ballade.

ALBERT

Dans Paris?

PIERRE

Oui, dans Paris.

ALBERT

Oh! On s'arrêtera devant les magasins?

PIERRE

Oui, oui.

ALBERT

On ira voir Guignol?

PIERRE

On ira voir Guignol.

ALBERT

Maman, donne-moi vite mon béret.

LOUISETTE, *attendrie.*

Voilà, mon chéri, vole embrasser tes grand'parents. Va.

ALBERT, *s'exécutant.*

Au revoir, grand'maman; au revoir, grand'père. Demain, on jouera tous les deux au concierge. On s'amusera bien.

FOUGERAY

Oui, oui.

ALBERT

Au revoir, mère chérie.

LOUISETTE, *le serrant bien fort dans ses bras.*

Au revoir, mon ange adoré.

PIERRE, *emmenant le petit.*

Salut à tous. Ne vous occupez pas du dîner. Je m'en charge.

(Il sort avec Albert).

SCÈNE VII

LOUISETTE, MAMAN FOUGERAY, LE PÈRE FOUGERAY, PUIS UN FACTEUR

(Louisette, sur le seuil de la porte, les regarde s'éloigner).

Mme FOUGERAY

Brave garçon!

FOUGERAY

Nous lui avons donné l'existence... Mais on peut dire qu'il nous l'a déjà rendue vingt fois.

LOUISETTE, *revenant.*

Maintenant, me voilà tranquille... De savoir mon petit bien soigné, je vais déjà mieux. Bientôt, moi aussi, je pourrai travailler, on ne connaîtra plus la misère.

Mme FOUGERAY

Cela prouve qu'il ne faut jamais désespérer. *(On frappe).* Tiens! qu'est-ce qui peut bien venir nous rendre visite?

LOUISETTE

Je vais voir. *(Elle ouvre la porte).* C'est le facteur.

LE FACTEUR

C'est une lettre pour Monsieur Fougeray.

LOUISETTE

Donnez, s'il vous plaît.

LE FACTEUR

Voilà, Madame.

LOUISETTE, *prenant la lettre.*

Je vous remercie.

LE FACTEUR

Au revoir, Madame.

(Il s'éloigne).

(Louisette redescend en scène avec la lettre).

FOUGERAY

Qu'est-ce qui peut bien m'écrire?

LOUISETTE

C'est peut-être une bonne nouvelle.

Mme FOUGERAY

Jamais deux sans trois.

FOUGERAY

Viens la lire, Louisette. Peux-tu voir? La mère et moi, on n'y voit plus bien clair.

LOUISETTE, *qui a décacheté la lettre et lit:*

Cher Monsieur Fougeray,

A mon grand regret, je suis obligé de vous rendre votre parole...

FOUGERAY

Tiens, qu'est-ce que cela signifie?

LOUISETTE, *continuant sa lecture.*

Mais je ne puis attendre davantage. Je comprends très bien que les lourdes charges de famille que vous avez assumées vous forcent encore à reculer la date de votre mariage. D'ailleurs, quand bien même trouveriez-vous une bonne situation, jamais vous ne pourriez subvenir aux besoins de deux ménages...

Mme FOUGERAY

Mon Dieu!

LOUISETTE, *lisant.*

Et ce serait la misère pour les uns comme pour les autres. Vous me voyez désolé d'en arriver là. Je sais combien vous aimez ma fille, et vous auriez fait, j'en suis sûr, un très bon mari. Mais vous comprendrez certainement les motifs qui me font agir ainsi, et vous ne m'en voudrez pas. Veuillez agréer, avec tous mes sincères regrets, l'expression de ma très grande sympathie.

Jacques Ménard,
Ouvrier peintre.
27, Rue de Belleville.
Paris.

FOUGERAY

Je savais bien, moi, que notre misère n'était pas finie!

LOUISETTE

Pauvre frérot !

Mme FOUGERAY

Ainsi, à cause de nous... mon fils ne peut même pas se marier avec la jeune fille qu'il aime.

FOUGERAY

Et je connais mon garçon, quand il aime, c'est pas à moitié !

Mme FOUGERAY

Il se sacrifie.

FOUGERAY

Il renonce à toutes les joies.

Mme FOUGERAY

Et il ne nous avait rien dit de tout cela !

FOUGERAY

Sans doute parce qu'il prévoyait bien que ce mariage était impossible.

Mme FOUGERAY

Toujours à cause de nous... Et malgré cela il était toujours gai, plein d'entrain, de bonne humeur, nous réconfortant, nous remontant le moral.

FOUGERAY

Ah ! j'avais bien raison tout à l'heure, quand je disais que je ferais bien mieux de crever.

Mme FOUGERAY

Mon ami !

FOUGERAY

Je sais ce que je dis. Jamais nous ne la remonterons la côte de misère. C'est fini, bien fini !

LOUISETTE

Eh bien, cela ne sera pas. Je ne peux pas demeurer plus longtemps à la charge de mon frère. Maintenant qu'Albert est placé, je puis m'en aller. Je chercherai du travail. Je finirai bien par en trouver.

FOUGERAY

Mais tu tiens à peine debout, ma pauvre enfant !...

LOUISETTE

La volonté me soutiendra. Le courage remplacera la santé.

FOUGERAY

Mais nous, ta mère et moi, nous serons toujours là.

LOUISETTE

Alors ! (Un grand silence. Tous trois échangent un long regard terrible, impressionnant. Ils se comprennent. Puis Louisette a un cri). Père... Maman !...

FOUGERAY

Va, maintenant que le petit est sauvé... ça vaudra mieux... de mourir ensemble.

LOUISETTE

Mon enfant !.. J'aurais pourtant voulu le voir grandir.

FOUGERAY

Tu es libre, ma fille... Tu es jeune, tu peux refaire ta vie... Tandis que nous...

LOUISETTE

Vous quitter ! Oh ! maintenant ! non ! Je reste, je reste.

Mme FOUGERAY, à son homme.

Alors, tu crois que... c'est l'heure ?

FOUGERAY

Oui.

Mme FOUGERAY

Comme tu voudras. (Un grand silence.)

FOUGERAY

Louisette... il y a encore du charbon ?

LOUISETTE

Pas beaucoup, mais ça suffira.

Mme FOUGERAY

Et not' brave gas .. quand il nous trouvera... tous les trois !

FOUGERAY

On va s'arranger pour qu'il croie à un accident

LOUISETTE

C'est facile.

(Elle met du charbon de bois dans un réchaud à repasser).

FOUGERAY, à sa femme.

Ferme bien la porte...

LOUISETTE

L'ouverture du poêle aussi.

Mme FOUGERAY

Il vient du vent sous la porte.

FOUGERAY

Arrange-toi pour que l'air ne passe pas...

LOUISETTE passant une vieille couverture à sa mère.

Voilà, maman.

Mme FOUGERAY

Merci, ma fille.

FOUGERAY

C'est fini !

Mme FOUGERAY

Oui, mon pauvre homme.

FOUGERAY

Le charbon brûle bien?

LOUISETTE

Oui, père.

FOUGERAY

Et tu as mis un fer sur le réchaud, afin que l'on croie à un accident? Oui, bien. Maintenant, revenez toutes deux près de moi. Embrassons-nous une dernière fois. (Ils s'étreignent. La maman Fougeray s'asseoit près de son mari. Louisette se laisse glisser à ses genoux.) Et maintenant, donnons-nous la main pour le grand passage. (Le réchaud fume. Des vapeurs délétères s'échappent dans la chambre.) Du courage. Allez ce sera vite fait, très vite. Ma femme, ma Louisette ! Ah ! qu'est-ce qui aurait jamais pensé que nous finirions comme ça !.. Adieu.

Mme FOUGERAY

Adieu.

LOUISETTE

Pardon ! (Un temps.) Oh ! j'ai mal ! Ma tête ! C'est atroce ! Oh ! de l'air ! de l'air ! la fenêtre ! (se traînant sur les genoux.) La mort .. oui.. (Elle s'arrête bientôt, ne pouvant plus bouger.) Je n'en puis plus !... Père !... Maman ! .. Ils ne me répondent pas.. Morts peut-être !. . Mon Dieu !.. Pitié ! Cette fenêtre ! je la vois, et je ne puis l'atteindre !... A moi ! à moi ! Je ne veux pas mourir !

(Après un effort suprême, elle retombe inanimée sur le parquet.)

SCÈNE VIII

LES MÊMES, LE PETIT ALBERT

VOIX DU PETIT ALBERT

Maman ! maman ! (Il frappe à la porte). Ouvre .. c'est moi, Bébert. L'oncle Pierre voulait me faire entrer dans une grande maison noire. Alors, j'ai eu peur, je me suis sauvé... Mais ouvre-moi donc... C'est moi, je te dis.

LOUISETTE

Mon fils ! Oh !

(On aperçoit la figure du petit Albert derrière les carreaux).

LE PETIT ALBERT, en un cri de désespoir.

Oh ! maman ! maman !

LOUISETTE, lui levant les bras.

Mon petit... à moi ! Et je... ne peux pas .. parler. Je... ne... peux pas.

ALBERT

Je viens, petite mère !... Je viens !... (avec une pierre, il brise une vitre, passe son bras à l'intérieur, ouvre la fenêtre toute grande, saute dans la chambre, et va se jeter sur le corps de sa mère qui est retombée... Ma petite maman chérie !

RIDEAU

ACTE V

SIXIÈME TABLEAU

ORGUEIL BRISÉ

LE CABINET DE TRAVAIL DE M. DE MARSANGE

Portes à droite, à gauche et au fond.

SCÈNE PREMIÈRE

M. DE MARSANGE, Me PERRIN, Notaire.

M. DE MARSANGE, *froidement.*

Alors, mon cher maître et ami, si je vous ai bien compris, je suis ruiné ?

Me PERRIN

Ruiné !... non ! mais, j'ai le regret de le constater, et celui plus vif encore de vous l'apprendre, de la très belle fortune que vous avaient laissée vos parents, il ne vous reste exactement (*Il consulte des papiers qu'il avait laissé dans sa serviette*) que trois cent mille francs, qui, bien placés, peuvent encore vous donner une douzaine de mille francs de rentes.

M. DE MARSANGE

Bien !

Me PERRIN

Je tiens à votre disposition toutes les pièces justificatives, qui vous prouveront à quel point je me suis efforcé de défendre vos intérêts... mais depuis quelques années, vous avez été si vite, si vite...

M. DE MARSANGE

Me Perrin, je sais que vous êtes le plus honnête, le plus scrupuleux des notaires. Vous avez raison, j'ai été vite, très vite, trop vite... D'autres que vous, auraient abusé de la situation. Et si aujourd'hui, il me reste de quoi vivre, c'est à votre prudence et à votre loyauté que je le dois. Vous m'avez prévenu à temps... Jamais je ne l'oublierai...

Me PERRIN

Depuis de longues années, je suis le notaire de votre famille. N'était-il pas tout simple et tout naturel que je vous traitasse en ami et non pas en client...

M. DE MARSANGE

Inutile de vous dire que je laisse dans votre étude le peu qui me reste...

Me PERRIN

Soyez persuadé que je ferai tout pour que votre capital vous rapporte le plus possible...

M. DE MARSANGE

Je vous en remercie d'avance.

Me PERRIN

Mais, par exemple... il faudra que vous soyez raisonnable... Quand je dis vous... c'est une façon de parler... car je sais très bien que la véritable cause...

M. DE MARSANGE, *l'interrompant affectueusement.*

Ah ! mon pauvre ami, ne me parlez pas de cela..... Oui... vous ne vous trompez pas. Ce n'est pas moi qui ai gaspillé mon patrimoine. . C'est... enfin, que voulez-vous... je l'aimais ! je l'aime toujours... et je me demande ce qu'elle dira, lorsque je la mettrai en présence de la vérité...

Me PERRIN

Alors, Madame de Marsange ne se doute de rien ?

M. DE MARSANGE

C'est-à-dire qu'elle ne veut pas se douter... Lorsqu'après l'attentat dont son frère a failli devenir victime, elle a renoncé, dans un mouvement de mauvaise humeur, à s'occuper plus longtemps d'œuvres charitables, elle a voulu venir habiter Paris ; j'ai essayé de lui démontrer qu'aucune fortune ne pouvait résister longtemps à ses exigences, à ses caprices, à ses fantaisies. Mais elle a haussé les épaules, et n'a pas daigné m'écouter... Moi, par faiblesse..., j'ai cédé, j'ai laissé aller la chose... Et, si... aujourd'hui, dans les rares moments de lucidité qu'elle peut encore avoir, elle songe, non sans mélancolie, que notre fortune doit être quelque peu ébréchée, je suis sûr d'avance qu'elle ne se doute pas un seul instant que nous en sommes réduits à une médiocrité, qui, pour elle, sera la misère !...

Me PERRIN

Voulez-vous que je me charge de lui apprendre. . doucement... très doucement ?...

M. DE MARSANGE

Non !.. Croyez que je vous suis très reconnaissant de cette nouvelle preuve d'amitié, que vous voulez bien me donner ; mais, il vaut mieux que ce soit moi, qui lui dise...

(*Il s'arrête en proie à une émotion qu'il a peine à contenir.*)

Me PERRIN

Comme il vous plaira...

M. DE MARSANGE

Allons... au revoir, Me Perrin, et merci encore...

Me PERRIN

Croyez que je serai toujours trop heureux de vous être agréable...

M. DE MARSANGE

Ah ! dites-moi !

Me PERRIN

Mon cher comte !

M. DE MARSANGE

Je vais probablement avoir besoin... Oh ! très rapidement. . dans les 24 heures, d'une somme de trente mille francs encore.

Me PERRIN

Ah !..

M. DE MARSANGE

Pouvez-vous la mettre à ma disposition ?

Me PERRIN

Certainement... Certainement... Toutefois...

M. DE MARSANGE

Quoi donc ?

Me PERRIN

Voulez-vous me permettre un petit conseil...

M. DE MARSANGE

Je vous en prie ...

Me PERRIN

Pas trop vite, mon cher comte... pas trop vite... Ne cédez plus... Du courage... de l'énergie... de la volonté... que diable, faites comprendre à Madame de Marsange...

M. DE MARSANGE

Cette fois ce n'est point pour elle, que je demande cette somme... Il s'agit d'une dette d'honneur....d'un acte de réparation et de justice .

Me PERRIN

Alors, je n'insiste pas... Dès à présent, je mets à votre disposition ces trente mille francs.

M. DE MARSANGE

Enfin, je vais donc pouvoir libérer ma conscience... A demain, Me Perrin... Je passerai à votre étude pour signer toutes les pièces relatives à la liquidation de mes biens...

Me PERRIN

Mais je puis très bien revenir. Vous êtes encore très fatigué... à peine remis de cette longue maladie, qui vous a si longtemps abattu !...

M. DE MARSANGE, *avec un accent touchant de tristesse résignée.*

Non... maintenant que me voilà presque pauvre, je puis bien me déranger.

(*Il reconduit le notaire jusqu'à la porte du dehors.*)

Me PERRIN, *sortant*

En tous cas, soyez sûr que je défendrai vos intérêts mieux encore que si vous étiez plusieurs fois millionnaire...

(*Il sort.*)

M. DE MARSANGE

Allons ! il y a encore de braves gens dans ce monde... même parmi les notaires !

(*Il sonne — un domestique paraît.*)

SCÈNE II

M. DE MARSANGE, UN DOMESTIQUE

M. DE MARSANGE

Mademoiselle Louisette Fougeray est-elle arrivée ?

LE DOMESTIQUE

Non, Monsieur... mais il y a là quelqu'un, qui vient de sa part...

M. DE MARSANGE, *à part*

Sans doute, la malheureuse est-elle encore trop souffrante... (*au domestique*) Faites entrer cette personne...

LE DOMESTIQUE

Bien, Monsieur !

(*Il sort — puis fait pénétrer Jean Leroy, et se retire.*)

SCÈNE III

M. DE MARSANGE, JEAN LEROY

M. DE MARSANGE, *reconnaissant Jean Leroy*

Comment... vous !

JEAN LEROY

Oui... moi...

M. DE MARSANGE

Ce n'est pas vous que j'avais convoqué...

JEAN LEROY

Oui, mais c'est moi qui suis venu...

M. DE MARSANGE

Après ce que vous avez fait...

JEAN LEROY

Pardon... Monsieur le Comte... après ce que votre beau-frère a fait, je n'ai pas voulu que Louisette Fougeray revînt dans une maison où tout ne pouvait que lui rappeler le cruel malheur qui a bouleversé sa vie...

M. DE MARSANGE

Croyez que si je n'avais pas été retenu ici par la maladie, je me serais rendu moi-même auprès de Mademoiselle Fougeray... mais, puisqu'elle a jugé bon de vous charger d'être son intermédiaire, je vous accepte comme tel, bien qu'il me soit très pénible de me trouver en face d'un homme qui a failli assassiner l'un des miens...

JEAN LEROY

Assassiner... non !... Châtier... oui...

M. DE MARSANGE

Ne jouons pas sur les mots.

JEAN LEROY

Vous avez raison, Monsieur, les mots ne sont rien... les gestes sont tout...

M. DE MARSANGE

Ce n'est pas le moment de discuter ni de juger les vôtres !

JEAN LEROY

Messieurs les bourgeois, qui composent le jury de la Seine, s'en sont chargés... Mais, malgré leur sévérité à mon égard, je ne me reproche rien ; et je continue à me considérer comme un très honnête homme.

M. DE MARSANGE, *nerveux*

Et qui vous dit... que je pense le contraire ?...

JEAN LEROY

M. de Marsange !

M. DE MARSANGE

Qui vous dit qu'au fond du cœur, je ne vous plains pas beaucoup plus que je ne vous blâme ?...

JEAN LEROY

Mais ..

M. DE MARSANGE

Vous avez dû beaucoup souffrir, Monsieur ...

JEAN LEROY

Oui. J'ai beaucoup souffert !...

M. DE MARSANGE

Donc, vous avez droit à beaucoup d'indulgence. Et si, en vous voyant, je n'ai pu réprimer mon inquiétude, c'était parce que je craignais que vous ne vous rencontriez avec des gens qui n'ont pas les mêmes raisons que moi de vous excuser et de vous comprendre. Car, je sais très bien, et cela, depuis longtemps, que vous n'êtes pas le vrai coupable... Loin d'approuver la conduite de mon beau-frère, j'estime qu'en agissant comme il l'a fait envers la jeune fille qu'il avait séduite, il a provoqué le geste dont il a failli être victime. Et je n'ai pas attendu aujourd'hui pour m'efforcer de réparer dans la mesure de mes moyens le dommage causé ! Malheureusement, toutes les recherches auxquelles je me suis livré pour retrouver la famille Fougeray sont demeurées infructueuses. Il a fallu que j'apprisse par les journaux cette horrible tentative de suicide pour découvrir enfin leur adresse. Alors, ne pouvant me rendre moi-même auprès de Louisette, et ne voulant à aucun prix prendre autour de moi un intermédiaire, je lui ai écrit de venir chez moi... Mon intention était de lui proposer de me charger de son enfant... puis, de lui offrir une somme d'argent, qui lui permettrait de s'établir

JEAN LEROY

Monsieur de Marsange, je suis d'autant plus touché de votre offre que vous n'êtes en rien responsable du malheur qui s'est abattu sur Louisette Fougeray et sur les siens... En leur nom à tous, je vous en remercie profondément. Mais maintenant votre proposition n'a plus d'objet.

M. DE MARSANGE

Pourquoi ?

JEAN LEROY

Parce que désormais les Fougeray sont pour toujours à l'abri de la misère...

M. DE MARSANGE

Comment cela ?

JEAN LEROY

J'ai pu me refaire une bonne situation, grâce à laquelle il me sera cette fois très facile et très doux de subvenir à leurs besoins...

M. DE MARSANGE

Mais l'enfant ?

JEAN LEROY

Je compte en faire mon fils !

M. DE MARSANGE

Comment !...

JEAN LEROY

Oui .. Monsieur de Marsange..., j'estime qu'il n'est pas juste que deux innocents supportent toute leur vie le poids du crime d'un autre. Aussitôt que Louisette Fougeray sera rétablie, je lui demanderai si elle veut bien que je lui donne mon nom ainsi qu'à son enfant.

M. DE MARSANGE

Vous ferez cela ?

JEAN LEROY

J'y suis absolument décidé !...

M. DE MARSANGE, *dans un éclat.*

Ah ! pourquoi.. faut-il que ce soit dans le peuple que l'on trouve désormais l'exemple de toutes les abnégations et de toutes les bontés !...

JEAN LEROY

Allez ! On trouve encore des braves gens partout, Monsieur le Comte... Vous venez de m'en donner la preuve...

M. DE MARSANGE

Je n'insiste pas !... Seul, je le vois, vous avez voulu assurer l'œuvre de réparation et de justice... je ne voudrais en rien diminuer votre belle action... Vous avez traversé des heures... Que dis-je, des années bien douloureuses... Je souhaite que désormais vous ne trouviez que le bonheur... le vrai... celui qui repose sur la paix de la conscience et sur la satisfaction du devoir accompli... Donnez-moi la main, mon ami !

(Jean Leroy lui donne la main, que M. de Marsange garde un instant dans les siennes.)

JEAN LEROY

De tout cœur, Monsieur de Marsange, en mon nom et en celui de Louisette, je vous dis : merci !...

SCÈNE IV

LES MÊMES, LA COMTESSE DE MARSANGE

LA COMTESSE, entrant en coup de vent.

Que me dit-on ?... (Apercevant J. Leroy.) Cet homme ici ?... (A M. de Marsange.) Et vous lui serrez la main ?...

M. DE MARSANGE

Oui, je lui serre la main.

LA COMTESSE

A l'assassin de mon frère ?

M. DE MARSANGE

D'abord, je vous ferai observer que votre frère a été si peu assassiné qu'en ce moment il se porte aussi bien que vous, et beaucoup mieux que moi...

LA COMTESSE

Mais, c'est abominable !

M. DE MARSANGE

Aussi ai-je le droit...

LA COMTESSE

En voilà assez !... La présence de cet homme m'est odieuse...

JEAN LEROY

Je me retire, Madame la Comtesse... et je vous prie de vouloir bien agréer tous mes respects.

M. DE MARSANGE

Au revoir, mon ami...

(Il fait sortir Jean Leroy.)

SCÈNE V

M. DE MARSANGE, LA COMTESSE DE MARSANGE

LA COMTESSE

Voyons ! que signifie ?...

M. DE MARSANGE, revenu à sa femme.

Ma chère Claudine, cela signifie que j'entends désormais être le maître chez moi !

LA COMTESSE

Vous !...

M. DE MARSANGE

Oui, moi !

LA COMTESSE

Vous m'amusez énormément. (Elle éclate d'un rire nerveux, mauvais.) Ah ! tenez, laissez-moi rire.

M. DE MARSANGE

Je doute que dans un instant vous soyez aussi gaie...

LA COMTESSE

Vraiment ?

M. DE MARSANGE

Ma chère amie, nous allons quitter Paris...

LA COMTESSE

Quitter Paris ?

M. DE MARSANGE

Dans les quarante-huit heures !

LA COMTESSE

Quelle plaisanterie !

M. DE MARSANGE

Je parle très sérieusement...

LA COMTESSE

Eh bien ! partez, si vous voulez, mais moi, je reste !

M. DE MARSANGE

C'est impossible !

LA COMTESSE

Impossible !.. Enfin, vous pouvez bien vous absenter sans moi...

M. DE MARSANGE, très net

Non !...

LA COMTESSE

Et pour combien de temps, partons-nous ?..

M. DE MARSANGE

Pour toujours !

LA COMTESSE

Allons donc ! Je ne vous crois pas... vous voulez m'effrayer... m'intimider... ou tout simplement vous livrer à une taquinerie de mauvais aloi... Quitter Paris... mais je ne le pourrais plus...

M. DE MARSANGE

Il va cependant bien falloir vous y résigner..

LA COMTESSE

Et si je refuse de vous obéir ?...

M. DE MARSANGE

Claudine... je vous en prie... ne vous emportez pas... D'un mot, en effet, vous allez me comprendre... Comment voulez-vous que nous deux, et vous surtout, qui avez pris de grandes habitudes de luxe et de dépenses, nous puissions vivre à Paris avec douze mille francs de rentes ?

LA COMTESSE

Douze mille francs de rentes ?

M. DE MARSANGE

C'est tout ce qui nous reste !

LA COMTESSE

Vous mentez !

M. DE MARSANGE, sévèrement

Vous savez bien, Madame, que je dis toujours la vérité.

LA COMTESSE

Alors, je me demande ce que vous avez fait de tout votre argent...

M. DE MARSANGE

Vous devez le savoir mieux que personne, ma chère amie...

LA COMTESSE

Moi !... j'aurais dévoré ainsi près de deux cent mille francs !

M. DE MARSANGE

Hélas ! oui !

LA COMTESSE

C'est impossible !

M. DE MARSANGE

Demandez-le à mon notaire, Me Perrin, qui sort d'ici... vous verrez ce qu'il vous répondra...

LA COMTESSE

Alors, il va falloir aller nous enterrer au fond de quelque campagne, vivre de cette existence de province dont j'étais si heureuse d'être enfin débarrassée, rompre avec toutes nos relations... nos habitudes mondaines !... Jamais je ne pourrais me faire à une pareille idée ! Je serais vraiment trop malheureuse !

M. DE MARSANGE

Trop malheureuse !... Mais, ma chère amie, rappelez-vous donc le temps où vous étiez dame de charité, où vous alliez visiter les pauvres gens... et dites-moi si votre infortune est un instant comparable à celles que vous avez pu rencontrer alors... et que vous rencontrerez tous les jours !.. Songez à ces ouvriers, réduits à la famine, par la maladie... Songez à ces vieillards, qui n'avaient même pas de toit pour abriter leurs derniers jours... Songez enfin à ces filles-mères... réduites parfois, après avoir en vain lutté, de consacrer les quelques sous qui leur restent, à acheter le charbon de bois, dont la fumée les délivrera à jamais d'une existence devenue trop lourde pour leurs épaules. Oui, songez à tout cela, et demandez-vous si vous êtes trop malheureuse...

LA COMTESSE

Mais ce n'est pas la même chose !

M. DE MARSANGE

Vous avez raison... Ce n'est pas la même chose ! Car ce n'est pas la misère qui vous attend, c'est une médiocrité que beaucoup appelleraient la richesse !

LA COMTESSE

Cette médiocrité, je la connais ! J'en ai trop souffert pour l'endurer encore !

M. DE MARSANGE

Il le faut bien cependant !

LA COMTESSE

Eh bien... non ! mille fois non !... Je ne quitterai point Paris. Je n'abandonnerai pas un genre de vie dont maintenant je ne pourrais plus me passer !... Je n'irai pas m'enterrer vivante en province... je suis encore jeune et belle, et quand je devrais...

M. DE MARSANGE

Claudine !...

LA COMTESSE

Oui, quand je devrais...

M. DE MARSANGE

Me briser tout à fait le cœur... Claudine, je suis malade, très malade... J'ai peu de temps à vivre... je le sens... j'en suis sûr... Eh bien !... ces quelques mois, ces quelques jours peut-être, ne les empoisonnez pas d'un excès d'amertume et de tristesse... Ayez pitié de moi ! Et ne m'accablez pas tout à fait, en ne me forçant pas, moi, qui vous ai tant adoré, moi, qui vous aime toujours, à vous mépriser et à vous maudire...

LA COMTESSE

Pourquoi aussi ne m'avez-vous pas prévenue plus tôt ?

M. DE MARSANGE

J'ai essayé de vous ouvrir les yeux, mais vous vous êtes obstinée à demeurer aveugle ..

LA COMTESSE

Alors... vous apercevant que vous n'aviez pas l'énergie nécessaire pour me diriger, pour refréner mes goûts dispendieux, il fallait faire comme tant d'autres, c'est-à-dire vous lancer dans des affaires industrielles, commerciales ou financières, qui vous eussent permis d'augmenter considérablement vos revenus. Mais au lieu de cela, vous vous enfermiez dans votre bibliothèque, vous passiez votre temps en des travaux stériles... Et vous qui prétendiez m'aimer, vous ne songiez pas un seul instant au chagrin, au désespoir que vous me causeriez en venant m'annoncer brutalement que nous avions perdu notre fortune.

M. DE MARSANGE, *accablé*

C'est cela... adressez-moi des reproches ..

LA COMTESSE

Vous avez été imprévoyant...

M. DE MARSANGE

Non... j'ai été faible !... trop faible ! ..

LA COMTESSE

Enfin, quoi qu'il en soit... je ne puis me résoudre à partir aussi brusquement... je vais consulter mon frère...

M. DE MARSANGE

Je vous en prie, Claudine... partons !...

LA COMTESSE

Laissez-moi réfléchir.

M. DE MARSANGE

Claudine !

LA COMTESSE

Assez !...

M. DE MARSANGE

Mon Dieu !...

(*On frappe.*)

LA COMTESSE

Entrez !

SCÈNE VI

LES MÊMES, UN DOMESTIQUE

LE DOMESTIQUE

Monsieur le Comte... c'est le docteur.

M. DE MARSANGE

Vous l'avez fait entrer au salon ?

LE DOMESTIQUE

Oui, Monsieur le Comte...

M. DE MARSANGE

J'y vais. (*Le domestique sort.*) Claudine, une dernière fois... je t'en supplie... pas de coup de tête... pas d'irréparable folie...

LA COMTESSE, *très rosse*

Votre médecin vous attend... mon ami, allez !

SCÈNE VII

LA COMTESSE, SEULE, PUIS LACHESNAYE

LA COMTESSE

Non ! non ! je ne partirai pas... (*Elle va au téléphone — elle appuie sur le bouton — décroche le récepteur.*) Allo ! allo !... 904-07... 07..... oui, Mademoiselle... (*Elle attend nerveusement — puis à part.*) Douze mille francs de rentes ; à peine de quoi vivre un mois... non, jamais... j'aimerais mieux... Allo... allo... eh bien, Mademoiselle... j'attends... Bien... c'est toi, Jacques... j'aurais besoin de te voir... tout de suite... (*Un temps.*) Oh ! voyons, tu peux bien te déranger... Je t'assure qu'il s'agit d'une chose très sérieuse. (*Un temps.*) Je ne peux pas te dire cela par téléphone... (*Un temps.*) Voyons, viens !... (*Un temps.*) Ne dis donc pas de bêtises, je parle très sérieusement... Tu me ferais beaucoup de peine... (*Un temps.*) Bien. Je t'attends...

(*Pendant que la comtesse téléphone, Lachesnaye entre.*)

LACHESNAYE

Je te demande pardon...

LA COMTESSE

Ah ! c'est toi... J'allais justement te prier de passer à la maison. Il vient de m'arriver un grand malheur.

LACHESNAYE

Je sais, je viens de croiser ton mari dans l'antichambre... En quelques mots, il m'a mis au courant de la situation.

LA COMTESSE

Elle est terrible !

LACHESNAYE, *tranquillement*

Pas rigolo, en effet.

LA COMTESSE

Ça n'a pas l'air de t'émouvoir beaucoup.

LACHESNAYE

Oh ! tu sais, moi... les émotions, ça se passe intérieurement... Sois persuadée, au contraire, que je prends une part très vive à tes ennuis...

LA COMTESSE

Mon cher Henri ..

LACHESNAYE

Ma chère Claudine !...

LA COMTESSE

Je t'ai toujours beaucoup aimé...

LACHESNAYE

Moi aussi.

LA COMTESSE

Somme toute, sans te le reprocher, je crois que je peux te dire qu'aujourd'hui, tu as une position superbe, et c'est à moi que tu la dois.

LACHESNAYE

Yes ! comme dit ma femme...

LA COMTESSE

Grâce à moi tu as pu liquider tes dettes de garçon... je ne parle pas de cette malheureuse histoire de Louisette Fougeray...

LACHESNAYE

Dans laquelle j'ai plutôt salement trinqué...

LA COMTESSE

Mais tu reconnaîtras bien que si, malgré le scandale qui en est résulté, tu as pu néanmoins épouser ton américaine, c'est toujours grâce à la diplomatie que j'ai su déployer pour atténuer tes torts et te poser en victime.

LACHESNAYE

All right !

LA COMTESSE

Eh bien, aujourd'hui que je suis dans la peine, je viens te demander de ne pas m'abandonner...

LACHESNAYE

Alors, tu veux me taper ?

LA COMTESSE

C'est-à-dire que...

LACHESNAYE

Mais, je suis très net... en affaires. A force de me frotter aux américaines, j'ai fini par prendre leurs habitudes... Combien te faut-il ?

LA COMTESSE

Mais je ne sais pas.

LACHESNAYE

Comment tu ne sais pas ?

LA COMTESSE

Non... non, je n'ai jamais su compter.

LACHESNAYE

Ça se voit. .

LA COMTESSE

Je voudrais simplement que tu m'aidasses un peu .. Cela me serait si pénible de m'en aller à la campagne .. Et si tu pouvais me faire une pension...

LACHESNAYE

Une pension. .

LA COMTESSE

Pour toi... une cinquantaine de mille francs par an... serait peu de choses.

LACHESNAYE

Cinquante mille francs !...

LA COMTESSE

Il me semble que ce n'est pas trop pour une femme comme moi...

LACHESNAYE

Ce n'est même pas assez...

LA COMTESSE

Alors, je puis compter...

LACHESNAYE

Mais ma pauvre Claudine, tu n'y penses pas... je n'ai pas le sou... moi !

LA COMTESSE

Pas le sou. Qu'est-ce que tu me racontes ?...

LACHESNAYE

Toute la fortune est à ma femme. Et je ne peux cependant pas lui persuader de te faire des rentes

LA COMTESSE

Tu me le refuses ?

LACHESNAYE

Ce n'est pas moi... c'est-elle !..

LA COMTESSE

Tu n'est qu'un ingrat !

LACHESNAYE

Oh ! non, non pas cela ! Après tout, ce qui t'arrive, c'est ta faute.. Ce n'est pas ma faute à moi, si tu as mangé le Saint-Frusquin de ton mari.. et je n'ai pas envie de m'attirer des scènes dans mon ménage, parce que tu as trouvé moyen de croquer en moins de six ans, une fortune pourtant très respectable...

LA COMTESSE

Tu n'es qu'un égoïste.

LACHESNAYE

D'ailleurs, j'ai un fils !

LA COMTESSE

Celui de Louisette Fougeray.

LACHESNAYE

Non. Un fils légitime... tu le sais bien, puisque tu es sa marraine... Le fils de Louisette Fougeray... c'est de l'histoire ancienne ; ça ne compte pas !

LA COMTESSE

Pourtant !

LACHESNAYE

Tu ne vas pas me le reprocher... celui-là, puisque c'est toi, qui m'a conseillé de le semer en route... Et puis, d'après ce que Marsange m'a dit... tu es loin d'être à la côte. Douze mille francs de rentes... Avec cela on peut encore faire figure à Castelnaudary ou à Brives-la-Gaillarde...

LA COMTESSE

Tu n'es qu'un mufle !...

LACHESNAYE

Et allez-donc !

LA COMTESSE, *hors d'elle*

Oui, un sale mufle...

LACHESNAYE

Si nos aïeux t'entendaient !

LA COMTESSE

Va-t-en !

LACHESNAYE

Comment, tu me chasses... après ce que tu as fait pour moi !

LA COMTESSE, *tombant suffoquée sur un divan*

Ah ! les misérables !. . les misérables !...

LACHESNAYE

Crise de nerfs... flacon de sel et vinaigre de senteur...

SCÈNE VIII

LES MÊMES, LE DOMESTIQUE

LE DOMESTIQUE, *paraissant au fond*

C'est M. Jacques de Cernay

LACHESNAYE

Il arrive bien !

LA COMTESSE

Faites entrer !

LACHESNAYE

Une minute (*s'approchant de sa sœur*). Bien que tu m'aies traité de mufle, je vais te donner un bon tuyau... Jacques de

Cernay vient de faire un très bel héritage. Tu sais qu'il est garçon... oui... Je m'en doutais. Eh bien.. je ne t'en dis pas davantage. (Au domestique). Faites entrer M. de Cernay... je vous laisse... je vais griller une cigarette dans le fumoir.

(Il sort.)

SCÈNE IX

JACQUES DE CERNAY, LA COMTESSE

JACQUES

Eh bien, chère amie, que se passe-t-il donc?

LA COMTESSE

Jacques... m'aimes-tu?

JACQUES

Peux-tu en douter?

LA COMTESSE

Eh bien! prouve-le moi!

JACQUES

En quoi faisant..

LA COMTESSE

En m'enlevant d'ici... et en m'arrachant à l'exil qui me menace.

JACQUES

Je ne comprends pas!

LA COMTESSE

Nous sommes ruinés, ou à peu près... Mon mari veut me forcer à quitter Paris, et vivre en province. Et moi, je ne veux pas... je ne peux pas te quitter...

JACQUES

Diable!...

LA COMTESSE

Tu sais combien je t'aime. Depuis que nous nous connaissons, j'ai été bien à toi... rien qu'à toi...

JACQUES

Je ne te ferai pas l'injure de penser le contraire.

LA COMTESSE

Comme tu me parles?

JACQUES

Et pourtant, que de fois par ta coquetterie tu m'as donné des motifs d'être jaloux.

LA COMTESSE

Je te jure que je n'ai jamais aimé que toi...

JACQUES

Cependant... tu m'as fait souvent bien souffrir...

LA COMTESSE

Jacques!... C'est vrai, je le reconnais... J'ai été coquette... capricieuse... fantasque... mais je t'en demande bien humblement pardon! Tu ne voudras pas que je sois la plus malheureuse des femmes... Tu es libre... Moi, je suis prête à rompre tous les liens qui m'unissent à M. de Marsange. Partons tous les deux, évadons-nous!... Si tu le veux, je deviendrai ta femme, et nous ne nous quitterons plus jamais!...

JACQUES

Je ne demanderais pas mieux, ma chère Claudine... mais tu connais ma situation... Elle est loin d'être brillante! Ce serait la gêne, et je craindrais... oui... plus j'y songe, plus je réfléchis que je n'ai pas le droit de t'encourager à une pareille folie!

LA COMTESSE

Mais ne viens-tu pas de faire un très bel héritage?...

JACQUES

Qui est-ce qui t'a raconté cela?

LA COMTESSE

Mais, c'est Henri, tout à l'heure.

JACQUES

Je me demande un peu de quoi il se mêle celui-là...

LA COMTESSE

Alors... c'est vrai?

JACQUES, *véritablement ennuyé.*

C'est-à-dire que c'est vrai, sans l'être. Je n'ai pas encore été envoyé en possession. Le testament peut être attaqué!... Ces affaires de succession sont toujours très délicates!

LA COMTESSE

Va, ne te défends pas davantage... Je viens de lire dans ton cœur, comme j'avais lu dans celui de mon frère. Tous deux, vous n'êtes que des égoïstes. Lui... ne m'a pas gardé la moindre reconnaissance, pour tous les bienfaits que je lui ai prodigués. Toi, tu ne te souviens même plus que je t'ai donné ma jeunesse, ma beauté, mon amour, tout le meilleur de moi-même. Et au moment où je viens te demander de me tendre la main, de me rendre service, de m'empêcher peut-être de mourir de chagrin et de détresse, tu te dérobes, tu ergotes, tu m'accuses, tu mens, tu te conduis comme un lâche, oui comme un lâche, qui ne mérite plus que mon mépris et mon indignation.

JACQUES

Oh! Oh! Madame la comtesse... Il me semble que vous vous trompez singulièrement sur votre compte et sur le mien...

LA COMTESSE

Quoi... tu dis?

JACQUES

Un seul mot... Tant que vous avez été riche, avez-vous songé à rompre avec M. de Marsange pour m'épouser?... Non! vous avez attendu que votre mari fût ruiné et que moi, j'ai hérité pour me faire cette avantageuse proposition... J'ai donc le droit de la décliner comme insuffisamment désintéressée.

LA COMTESSE

Et moi, j'ai le droit de te dire...

JACQUES

Pas de gros mots, je t'en prie...

LA COMTESSE

Rien ne m'empêchera de te crier...

SCÈNE X

LES MÊMES, LACHESNAYE

LACHESNAYE

Eh bien! mes enfants... un peu de calme, on vous entend!...

LA COMTESSE

Va-t-en! Sortez tous les deux... Laissez-moi... Laissez-moi!

(M. de Marsange paraît au fond).

SCÈNE XI

LES MÊMES, M. DE MARSANGE

M. DE MARSANGE

Jacques, on m'a dit que vous étiez là, et j'ai tenu à venir vous féliciter de l'heureux événement...

JACQUES

Vous êtes trop aimable, et...

M. DE MARSANGE

En épousant Mademoiselle de Pontchâtelaine, vous vous alliez à l'une des familles les plus anciennes et justement estimées...

LA COMTESSE

Comment! vous!... Oh! non!... C'est faux! Je ne veux pas... je ne veux pas!...

M. DE MARSANGE

Et pourquoi ne voulez-pas?

LA COMTESSE, *éclatant.*

Mais parce qu'il est mon amant !

LACHESNAYE

Ça y est !

LA COMTESSE

Et maintenant .. je sais ce qui me reste à faire...
(*Elle s'élance au dehors, suivie par Cernay.*)

M. DE MARSANGE, *voulant se relever.*

La malheureuse !

LACHESNAYE

Laissez donc !... Ce n'est rien, c'est une crise !

RIDEAU (*pas d'entracte*).

SEPTIÈME TABLEAU

LE SOURIRE D'UN ENFANT

A la campagne, aux environs de Paris.
Un jardinet rempli de fleurs, A droite la maison d'habitation. Tout respire le printemps, la joie, le bonheur. Au fond, une barrière. En panorama, un étang.

SCÈNE PREMIÈRE

LE PÈRE FOUGERAY, LA MÈRE FOUGERAY, LOUISETTE

(*Au lever du rideau, le père Fougeray assis sur un fauteuil, fume sa pipe, en lisant son journal. Dans la maison, à travers la fenêtre entr'ouverte, on aperçoit la maman Fougeray, qui va et vient dans la cuisine. Louisette cueille des fleurs dans le jardin.*)

LE PÈRE FOUGERAY, *cessant de lire.*

Ils sont fous !... Ils sont fous... Ah ! quels imbéciles !

LOUISETTE

Mais de qui parles-tu donc papa ?

LE PÈRE FOUGERAY

De nos politiciens !

LOUISETTE

Qu'est-ce qu'ils ont encore fait ?

LE PÈRE FOUGERAY

Rien !... Tu sais... les hommes politiques, ça ne fait jamais grand chose de bon...

LOUISETTE

Mais, pourquoi les traites-tu comme ça ?...

LE PÈRE FOUGERAY

Mais. parce qu'au lieu de s'enfermer dans leur Sénat ou dans leur Chambre, pour discuter un tas de lois auxquelles ils ne comprennent goutte, ils feraient bien mieux de vivre comme nous, tranquilles, à la campagne, en respirant de l'air pur .. et en voyant pousser les haricots... Ils ne savent pas ce que c'est que d'être heureux, ces gens-là !...

LOUISETTE

C'est vrai tout de même !

LE PÈRE FOUGERAY

Hé ! la mère !...

LA MAMAN FOUGERAY, *paraissant à la fenêtre.*

Qu'est-ce qu'il y a ..

LE PÈRE FOUGERAY

Je crois que c'est l'heure du Pernod ?

LA MAMAN FOUGERAY

Vieux gourmand ! tu ne changeras donc jamais...

LE PÈRE FOUGERAY

D'abord, c'est en vieillissant qu'on se corrige de ses défauts, et comme je me suis mis à rajeunir, il y a de grandes chances pour que je prenne encore quelque temps mon absinthe...

LA MAMAN FOUGERAY

En tous cas, tu pourrais bien attendre que ton gendre soit revenu.

LE PÈRE FOUGERAY

Tu as raison .. Jean est un si brave garçon... Ah ! l'on peut dire, que grâce à lui, nous sommes revenus de loin...

LOUISETTE

C'est aujourd'hui sa fête... Vois comme je lui ai cueilli un beau bouquet...

LA MAMAN FOUGERAY

Et moi, j'ai préparé un bon petit dîner... tu sais... comme autrefois.

LE PÈRE FOUGERAY

Le passé... femme... il ne faut plus en parler... même dans ce qu'il a pu avoir d'heureux pour nous. Car notre bonheur, vois-tu, ne date que du jour où Jean Léroy a donné son nom à notre fille et au petit Albert, et où Louisette a compris que l'homme qui se conduisait ainsi envers elle et envers nous, était le seul qui fût vraiment digne de son attachement et de sa tendresse.

LOUISETTE

Oui, père... tu as raison... Notre bonheur date de ce jour béni... Pour moi, Jean est tout au monde.. et jamais je ne saurais lui prouver ma reconnaissance et mon amour !

LE PÈRE FOUGERAY

D'ailleurs, sa belle action lui a porté chance... Son commerce a réussi au-delà de ses espérances... Lui aussi est heureux...

LA MÈRE FOUGERAY

Et notre Pierre donc ! Il va pouvoir se marier ! Dans quinze jours nous irons à la noce... Ah ! bon... voilà que j'en laisse brûler le fricot !..
(*Elle disparaît de la fenêtre.*)

LE PÈRE FOUGERAY

C'est tout de même bien le tour des braves gens d'avoir un peu de bonheur sur terre !...

SCÈNE II

LES MÊMES, LE PETIT ALBERT

LE PETIT ALBERT, *entrant par le fond*
Il revient de l'école avec son petit cartable d'écolier sous le bras.

ALBERT

Bonjour, maman...

LOUISETTE

Bonjour, mon chéri ...

LE PÈRE FOUGERAY

Ah ! te voilà, toi !

ALBERT

Oui, grand papa !

LE PÈRE FOUGERAY

As-tu été bien sage à l'école ?...

ALBERT

Oui, grand papa... Même que Monsieur l'Instituteur m'a donné deux croix...

LE PÈRE FOUGERAY

Deux croix ?

ALBERT

Oui, l'une pour les leçons, et l'autre pour les devoirs...

LE PÈRE FOUGERAY

Ah ! c'est gentil... Viens m'embrasser...

LOUISETTE

C'est ton papa, qui va être content... Et ton compliment... le sais-tu, au moins ?

ALBERT

Oh ! oui... je le sais !

LE PÈRE FOUGERAY

Eh bien ! récite-le nous, au moins.

SCÈNE III

LES MÊMES, PUIS JEAN LEROY ET PIERRE

(Pendant que le petit Albert récite, la maman Fougeray l'écoute par la fenêtre du pavillon. Puis Jean Leroy et Pierre paraissent et s'arrêtent pour écouter eux aussi.)

LE PETIT ALBERT

J'ai voulu t'offrir pour ta fête,
O mon papa que j'aime tant,
Mieux qu'un simple bouquet vraiment,
Comme tout le monde on achète...
Mais hélas je n'ai pas trouvé,
Ce que pour toi j'avais rêvé !

Oui, j'aurais voulu dans la plaine,
Cueillir un bouquet radieux,
Comme on doit en trouver aux cieux.
Un joli bouquet de verveine !
Mais hélas, je n'ai pas trouvé
Ce que pour toi j'avais rêvé !

Alors, j'ai cueilli dans moi-même
Les fleurs que je te destinais ;
Et ce sont mes désirs parfaits
De bien te prouver que je t'aime !
Oh ! dis... papa... Ai-je trouvé,
Ce que pour toi, j'avais rêvé !

(Jean n'y tenant plus, s'est avancé vers le petit qui continue.)

Dans tes yeux, je crois le comprendre ;
Oui, mon bouquet t'a fait plaisir...
Puisse-t-il ne pas se flétrir,
Et garder son parfum si tendre...
Oh ! oui, papa, j'ai bien trouvé,
Ce que pour toi j'avais rêvé !

JEAN LEROY prend l'enfant dans ses bras

Mon chéri, mon enfant... mon fils !...

PIERRE

Si après ça... l'apéro ne nous semble pas épatant, c'est que vraiment nous sommes devenu difficiles. Comment ça va, les anciens ?

FOUGERAY

Pas trop mal, comme tu vois !

PIERRE

En effet... mâtin ! tu en as, un beau jardin !

FOUGERAY

Oh ! c'est moi qui le cultive !

PIERRE

Tout seul ?

FOUGERAY

Tout seul !

PIERRE

Oh les beaux petits pois !

FOUGERAY

Si tu voyais mes potirons... melon !

PIERRE

Où sont-ils tes melons que j'y courge ?

FOUGERAY

Là, au fond du jardin...

PIERRE

Viens me les présenter.

FOUGERAY

Avec orgueil ! Pendant ce temps-là, femme, tu prépareras l'absinthe.

Mme FOUGERAY

Oui, vieux monstre !

(Le père Fougeray et Pierre sortent à droite devant la maison.)

SCÈNE IV

JEAN LEROY, LOUISETTE, PUIS LE PETIT ALBERT

JEAN LEROY

Eh bien Louisette es-tu contente ?

LOUISETTE

Mon ami !

JEAN LEROY, l'attirant vers lui.

Chère femme !

LOUISETTE

Et tu ne regrettes pas ?...

JEAN LEROY

Regretter quoi ?

LOUISETTE

Mais d'avoir donné ton nom à un enfant qui n'était pas à toi.

LEROY

Pourquoi avoir une pareille pensée ?

LOUISETTE

Mais... parce que rien qu'en le voyant, je crains toujours que tu ne te rappelles...

LEROY

Tais-toi. L'hiver a disparu pour toujours. Il ne reviendra jamais, et toujours, pour toi, pour moi, pour notre fils, ce sera le soleil qui fait mûrir les moissons dans la plaine, le soleil qui réchauffe les cœurs, illumine les âmes... Va, ne crains rien, ma Louisette chérie... Toujours je t'ai défendue parce que tu n'étais pas la coupable. Quant à notre petit Albert, tranquillise-toi. Je l'aime déjà autant, que dis-je, mieux que s'il était vraiment mon fils. D'ailleurs, ne l'est-il pas ? Car, vois-tu, ma chère femme, on est beaucoup plus le père d'un enfant parce qu'on l'élève que parce qu'on l'a fait.

LOUISETTE

C'est vrai ! (Le petit Albert paraît. Il est monté sur un petit cheval de bois, il a un chapeau en papier sur la tête, et il brandit un petit sabre.)

LE PETIT ALBERT

Hue ! dada ! hue ! En avant, marche !

LOUISETTE

Regarde, comme il est beau !

LEROY

Cher petit !

ALBERT, qui caracole autour de sa mère.

Hue ! dada ! En avant ! en avant !

LEROY, qui s'est approché.

A quoi joues-tu, mon chéri ?

ALBERT

Au soldat... papa.

LEROY

Tu veux donc être militaire ?

ALBERT

Je veux être général.

LEROY

Tout de suite, comme ça ?

ALBERT

Oui, tout de suite.

LEROY

Mais avant d'être général, il faut être sous-lieutenant... lieutenant...

ALBERT

Non, non ! Je veux être général. Je veux commander, moi. (Il reprend de nouveau.) En avant, marche.

LOUISETTE, un peu inquiète

Déjà des idées d'orgueil.

LEROY

Rassure-toi, Louisette. Ces idées-là, nous les combattrons. Nous pétrirons cette petite âme à notre manière. Nous développerons ses bons instincts, nous corrigerons doucement ses défauts, et nous en ferons...

LOUISETTE

Quoi donc ?

LEROY

Pas un général... un bon ouvrier, tout simplement !

ALBERT, *qui a cessé de courir*

Maman, tu veux bien me permettre d'aller acheter des bonbons ?

LOUISETTE

Acheter des bonbons ?

ALBERT

Oui... avec mes sous...

(Il sort une poignée de sous de ses poches.)

LOUISETTE

C'est au moins ta grand'maman qui t'a donné ça ?

ALBERT

Non, c'est une dame !

LOUISETTE

Une dame !

ALBERT

Oui, maman, une grande dame, tout en noir, et qui semblait avoir du chagrin.

LEROY

Qu'est-ce qu'il nous raconte là ?

ALBERT

Je l'ai rencontrée quand je revenais de l'école. Elle m'a demandé la route de l'étang.

LEROY

La route de l'étang ?

ALBERT

Oui, papa.

LEROY, *qui est remonté vers le fond.*

C'est étrange !... Pourvu que...

LOUISETTE

Est-ce que tu craindrais ?

LEROY

Je vais aller voir.

ALBERT

Tu veux que j'aille avec toi, papa ?

LEROY

Non, mon chéri, reste avec ta maman.

(Il va pour sortir au fond, mais soudain deux détonations suivies d'un cri déchirant s'élèvent du dehors. Jean s'élance.)

SCÈNE V

LOUISETTE, LE PETIT ALBERT, LE PÈRE FOUGERAY, PIERRE, LA MAMAN FOUGERAY, puis LEROY, MADAME DE MARSANGE

LE PETIT ALBERT

aussitôt après les coups de revolver, courant se réfugier dans les bras de sa mère.

Oh ! maman ! j'ai peur ! j'ai peur !

PIERRE, *paraissant.*

Qu'y a-t-il ?

LOUISETTE

Je ne sais.

FOUGERAY

On a tiré ?

LOUISETTE

Oui, par là.

(Pierre est remonté et a disparu. Au moment où le père Fougeray arrive à la hauteur de la barrière, Madame de Marsange paraît au fond soutenue par Jean Leroy et Pierre. Elle semble mortellement atteinte).

LOUISETTE

La comtesse de Marsange !

LA COMTESSE, *d'une voix déjà toute angoissée par la mort qui vient.*

Louisette... eux... tous ! C'est la fatalité qui a voulu que je vienne mourir à leur porte.

Mme FOUGERAY

Pauvre femme !

(Louisette a approché un fauteuil de jardin dans lequel Jean Leroy et Pierre, avec mille précautions, font asseoir la blessée).

LEROY

Pierre, va vite chercher un médecin.

Mme FOUGERAY

Et un prêtre.

LA COMTESSE

Non, c'est inutile... Qu'on me laisse mourir en paix !

LOUISETTE

Mais, Madame... on peut vous sauver !

LA COMTESSE

Et c'est elle que j'ai voulu perdre, qui parle de me sauver !...

PIERRE

Je vais...

LA COMTESSE

Non, non. Restez, je le veux ! C'est bien fini. Ecoutez-moi bien tous... toi aussi, petit, toi surtout. *(A Louisette)* C'est votre fils ?

LEROY

Et le mien.

LA COMTESSE

Et le vôtre, oui... Je savais... on m'avait dit... c'est bien... ce que vous avez fait là. Vous avez vraiment compris la charité... Cela vous portera bonheur... Tandis que moi...

(Elle s'arrête.)

LOUISETTE

Madame !

LA COMTESSE

Laissez... Il faut pourtant bien que je vous demande pardon à tous. Ah ! je suis bien punie de mes hypocrisies, de mes mensonges !.. L'enfant ? où est l'enfant ? *(Elle le soulève tragique... Et montrant Jean Leroy au petit.)* Aime-le bien, de toutes tes forces... Aime-le bien. Pardon ! Pardon...

(Elle retombe.)

LOUISETTE

Morte !

JEAN LEROY, *au petit Albert.*

Dis ta prière pour elle... mon enfant...

LE PETIT ALBERT *s'agenouille et commence.*

Notre père qui êtes aux cieux...

RIDEAU

BIBLIOTHÈQUE NATIONALE

Bar-le-Duc. — Imprimerie Edmond JOLIBOIS, 55, Boulevard de la Banque.

www.ingramcontent.com/pod-product-compliance
Ingram Content Group UK Ltd.
Pitfield, Milton Keynes, MK11 3LW, UK
UKHW012304240726
13966UKWH00004B/1621